二人の手練

奥小姓 裏始末 5

青田圭一

時代小説

二見時代小説文庫

目次

二人の手練(てだれ)——奥小姓(おくごしょう)裏始末 5

序章　拝領刀不始末

一

風見竜之介が受けた太刀傷は、左の腕にも及んでいた。

「危ないところでしたよ先輩。いま少し深手であれば五指の動きに障りが生じ、あの水際立ったお腕前が発揮できなくなっていたことでしょう」

「くーん……」

傷口の縫合を終えた倉田十兵衛が安堵の笑みを浮かべる傍らで、紀州犬の雷電が心配そうに竜之介を見つめている。

「ちとご辛抱くだされ」

きつく巻いたさらしの端を、十兵衛は更に縛り上げる。

竜之介はつぶらな瞳を閉じ、黙って痛みに耐えていた。

一歳下の十兵衛は、当年取って二十三歳。柳生家の道場で知り合った少年の頃から変わらず気は優しいが、六尺豊かな大男で膂力も並外れて強かった。

夜更けの大川土手に居るのは二人と一匹のみ。来合わせる者は誰もいない。

今し方まで竜之介が強敵と刃を交え、激しく鎬を削っていたとは思えぬ程の静けさだった。

しかし土手の下を流れる大川は、日が沈んでも賑々しい。

静寂に水を差すのは、川風に乗って聴こえてくる三味の音。

戦いの場に駆けつけた十兵衛が持参の焼酎で傷口を消毒し、携帯していた火種で針を焼き、縫い終えるまでの間も絶えることのなかった音曲だ。

寛政元年の七月も半ばを過ぎ、華のお江戸は盆が明けた後。

広い川面を埋め尽くさんばかりだった灯籠は昼間の内に流れ去り、夜目に映るのは札差をはじめとする市中の分限者たちが金に糸目を付けげず、涼を求めて仕立てた屋根船ばかり。老中首座の松平越中守定信が奢侈を厳しく禁じ、倹約を盛んに唱える姿勢を嘲笑うかのように、どの船も灯油を用いた行燈より値の張る蠟燭を惜しみなく灯していた。

眼下の賑わいを意に介さず、十兵衛は竜之介の左腕にさらしを巻き終えた。

「これで大事はありません。ただし、傷が塞がりし後もご無理は禁物ですよ」

「……右腕ならば構わぬのか」

「全く障りがないまでは申せませんが、縫うには至らぬ浅手ばかりでしたので、自ずと治りも早うございましょう」

「ならば当面は凌げよう。かたじけない、倉田」

「水臭いことを仰せになられますな。先輩から幼き頃に受けたご恩を折に触れ、少しずつお返し申し上げておるだけですよ」

謝意を述べた竜之介に、十兵衛は快活な笑みで応えた。

「それにしても、あの綾麻呂と申す公達の手の内の冴えは、尋常ならざる域に達しておりますね」

しみじみと呟きながら、十兵衛が栓を抜いたままの徳利を取った。

「……あやつの腕の程が分かるのか、倉田」

裂いたさらしを焼酎で湿らせていくのを横目に、竜之介が問いかけた。

「先輩と違うて剣術はさっぱりですが傷口を拝見すれば察しがつきます。ことごとく刃筋が立っておりますゆえ、一つとして引き攣れがありません。左腕の深手も同様で縫いやすかったのは、不幸中の幸いと申すべきでありましょう」

傍らに広げた油紙の上には、あらかじめ細かく裂かれたさらしが用意されていた。

油紙の端は雷電が前脚でしっかり押さえ、川風に煽られぬようにしてくれている。

いずれも日暮れ前に竜之介と別れた十兵衛が四谷の北伊賀町へ走り、風見家の中間たちを連れて戻る道すがら、必要になると見越して買い求めた品々だ。傷の縫合に用いた針と糸は、大奥の女たちが愛玩する犬猫の躾と治療を仰せつかる御役目柄、日頃から持ち歩いているものである。

焼酎を染み込ませたさらしを一切れ、十兵衛は手に取った。

「失礼します」

まずは右腕を取り、袖を捲る。

包帯をした傷の周りを避け、付着したままの血を拭き取る。

汚れるたびに取り替えながら清めていく手つきがまめまめしい。

瞳がつぶらな童顔に付着した血の跡も、十兵衛は丁寧に拭き取った。

「不幸中の幸いか……おぬしに言われれば腹も立たぬよ」

少年の頃から変わらぬ童顔を綻ばせ、竜之介は呟いた。

「お疲れ様にございました」

血を拭き取ったさらしを片づけ、十兵衛が微笑んだ。

明るい笑顔が、ふと強張る。

竜之介がおもむろに立ち上がったのだ。

「先輩？」

「おぬしたちには雑作をかけた。礼は改めて致すゆえ、これにて引き取ってくれ」

「元よりお気兼ねは無用にございますが、いずこへお出でになられるのですか!?」

「わんっ」

慌てて腰を上げた十兵衛に続き、雷電も逞しい脚を踏ん張って立ち上がる。吠える声には威嚇ではなく、飼い主の十兵衛に勝るとも劣らぬ親愛の情が込められていた。

「綾麻呂の後を追うのだ。又一らの様子が気に懸かるゆえな」

「そのお体では無理ですよ！　中間たちにはくれぐれも深追いはせぬようにと、申しつけておられたではありませぬか」

「言うた通りに致す連中ならば安んじて戻りを待てばよかろうが、いかんせん風見の家中は奥をはじめ、血気盛んな者が多いのでな……」

「ご無理はなりません！　左腕が御用をなさなくなっても宜しいのですか!?」

「家来の命には替えられぬ。許せ」

そう告げるなり、竜之介は背を向けた。

「わん、わん！」

「先輩っ」

十兵衛と雷電の呼びかけに応じることなく、歩き始める。

素足に履（は）いた草履（ぞうり）を引きずるようにしながらも、足を止めない。

大川の上流へと続く土手道を進みゆく後ろ姿は、見るも無残な有様（ありさま）だった。

青い肩衣（かたぎぬ）は張りを持たせるために仕込まれた鯨（くじら）の髭（ひげ）ごと切り裂かれ、川風に揺れている。熨斗目（のしめ）の着物は鍔迫（つばぜ）り合いで負った傷の血が袖口に滲み、肩衣と対（つい）に仕立てた半袴（はんばかま）は汗でしとどに濡れていた。

熨斗目に肩衣と半袴の一式は、御役目に就いた旗本が執務をする際の装束（しょうぞく）だ。足袋（たび）は九月十日の衣替（ころもが）えまで武家では用いず、御城中でも履かぬのが習わしだった。

竜之介の役職は、将軍付きの奥小姓（おくごしょう）。

泊まりの当番が明け、千代田の御城を後にした足で四谷へ赴いたのは、昨日の夜に北伊賀町の平山（ひらやま）家へ押し入り、跡取り息子の行蔵（こうぞう）を斬って逃走した賊の手がかりを見出し、行方を突き止めるためだった。

伊賀組同心の平山家は三十俵二人扶持と御家人の中でも軽輩（けいはい）ながら、代々の当主は武術の手練。当年三十一歳の行蔵も強者として世間で名前を知られている。

竜之介は行蔵を師と仰いだことがあり、風見家の先代当主の多門と竜之介を婿に迎えた弓香も、行蔵の祖父母と両親から教えを受けていた。幸い行蔵は一命をとりとめたものの、意趣返しに立ち上がらずにはいられなかった。

知らせを受けた竜之介は当番が明けるのを待ちかねて四谷へ急ぎ、御城中の中奥で共に働く小納戸の十兵衛の協力の下、仔犬だった頃から懐いている雷電の鼻を頼りに行蔵を手に掛けた賊の行方を追った。

かくして辿り着いた先は、下谷の七軒町。

名門大名の佐竹家を当主とする、秋田藩の上屋敷がある町だ。

上屋敷の門前に張り込んだ竜之介の前に、憎むべき敵は姿を現した。

その名は綾麻呂。

雅な名を持つ若者は、かつて竜之介が相まみえたことのない強敵だった。

二

宵闇の中、大川の土手を一人の男が駆けていく。

たゆたう流れを右手に臨み、上流に続く道を辿っていた。

逞しく張った脛が躍り、足半が湿りを帯びた土を蹴る。

足半は文字通り、足の裏の前半分だけを覆う草履だ。土踏まずの手前までしかないために立ち止まると踵が地べたに着いてしまうが、これは走るのに適した形。室町の頃から庶民に限らず、武士や僧も用いてきた。

しかし夜更けの土手を駆けていくのは急使を命じられた侍でも、托鉢の帰りが遅くなった僧でもない。

端整な顔に水干が映える、公家と思しき若者だ。

青年らしく顎にたるみのない細面は色白で肌理が細かく、束ねて背中に垂らした黒髪は、まさに鴉の濡れ羽色。一流の絵師が筆を執り、丹精込めて描きあげたかのような美男子だった。

「……ふふっ」

夜目を利かせて走りながら、その美男子——綾麻呂は独り微笑んだ。

「江戸は碌でもないとこやとばかり思とったけど、捨てたもんやあらへんな。わてと手の合う腕っこきに、ようやっと巡り合うたわ……」

白皙を紅潮させ、嬉しげに呟く。

風見竜之介と刃を交えたひと時は、それ程までに充実したものだったのだ。

竜之介が並の腕前ならば常のごとく、一太刀で勝負は終わっていただろう。

人を斬るのは綾麻呂にとって、いつも物足りぬことだった。

どれほど腕自慢の相手と立ち合っても、あっけなく決着がついてしまう。剣客には大口をたたく阿呆しかいないのかと、失望を重ねるばかりの日々であった。

人間相手に限ったことではない。先頃まで渡っていた蝦夷地では、襲ってきた狼や熊をも返り討ちにしてのけた。

綾麻呂に太刀術を教えたのは洛外の山中に隠棲していた、齢を重ねた老人である。

生まれ持った天与の才に磨きをかけ、育て上げた老師が奥義として授けてくれた技は竜殺し。戦国乱世の末に南方のシャムへ渡り、内紛が尽きぬアユタヤ王朝のために義勇兵を率いて戦った山田長政が、水辺に潜んで人を襲う『竜』を自ら退治した時に用いたという謂われのある、剛の秘剣だ。

老師の先祖は長政に仕えた側近で、権力争いに巻き込まれて毒殺された主君の遺骨を生まれ故郷に届けるべく海を越えて日の本へ帰ったものの、異国に渡った者の帰国は既に禁じられており、国禁を破った咎で死罪に処されるのを避けて山から山へ移り住みながら子をなして、長政の偉業と秘剣を密かに伝えてきたとのことだった。子に恵まれなかった老師は、代わりに綾麻呂を後継者と見込んだのだ。

真偽の程は定かではなかったが綾麻呂と真剣で立ち合い、命と引き換えに技を伝授した上で語ってくれた末期の言葉とあれば、素直に信じるべきだろう。

老いても手強かった老師に勝る手練と巡り合えずにいた綾麻呂にとって、竜之介を相手取っての戦いは、かつてなく満ち足りたものであった。

あのまま黒白がつくまで刃を交えていたかったが、邪魔が入っては是非もない。

次こそ必ず倒してみせる。この手、この太刀で打ち破る。竜之介は綾麻呂が初めて出会った、まさに好敵手と呼ぶに値する存在。他の者に渡してなるものか。

「わてが引導渡すまで無事で居るんやで、竜之介はん」

息を乱すことなく夜更けの土手を駆けながら、綾麻呂は笑顔で呟く。

その直後、形の良い耳がぴくりと動いた。

「……ん？」

綾麻呂は耳を澄ませたまま、肩越しに視線を巡らせる。

「このやろ、待ちやがれい！　うちの殿様をよくもやりやがったな!!」

怒声と共に、迫り来る足音が聞こえてきた。

「おい若造、韋駄天の文三様を甘く見んなよ！」

追っ手の三十男は、再び伝法に言い放った。紺看板という法被の上から帯を締め、後ろ腰に木刀を差している。武家に奉公する中間の装束だ。

風采の上がらぬ顔立ちで背も低めながら、文三の足は真に速かった。

なかなかの俊足ぶりだが、韋駄天とは僭称するにも程がある。綾麻呂の五体が常のごとく動いていれば、とっくに引き離されていただろう。

「調子のええおっさんやな。好き勝手言いよって」

追いつかれまいと駆けながら、綾麻呂は京言葉でぼやいた。

持ち前の足の速さは、半分も発揮できていなかった。

風見竜之介と刃を交えたことはかつてない充足感をもたらす一方、少なからぬ負荷を綾麻呂の体に与えたらしい。怪我をせずとも心を磨り減らされると動きが鈍るのは母の咲夜と二人きりで暮らした幼い頃から分かっていたが、気分が満ち足りていても同じ状態に陥るとは、思ってもみなかった。

「ひつっこいなぁ。なるたけ斬りたないのに……」

「待ちやがれい、若造！」

背後から迫り来る足音と怒声は、まだ止まない。

のみならず、新手まで加わってきた。

「兄い、文三兄い」

「来たのかい、勘六」

「まだ追いついてなかったんですかい？　口だけ動かすんなら牛でもしやすぜ」

「何だと、このやろ」

「黙って走りな六。大口をたたきてぇなら、とっとと兄いを追い抜けよ」

文三に毒づく声とそれを叱る、苦み走った声が聞こえてくる。

「無駄口は止せ……」

「鉄の言う通りだ。てめぇら、ぬかるんじゃねぇぞ」

続いて重々しい呟きと、一同に下知する声が聞こえた。

追っ手の頭数は五人。いずれも綾麻呂が蔵前近くの土手で竜之介と刃を交えていたところに駆けつけた、風見家の中間たちだ。あと少しで決着がつくという時に邪魔をして綾麻呂を退散させた、忌々しい面々であった。

「せっかく一度は見逃したったのに、ほんま向こう見ずなおっさんたちや。一つきりしかあらへん命を大事にしようらんと……」

溜め息交じりにぼやく綾麻呂は、余計な殺生を好まぬ質。

相手が自分より弱い場合は尚のことだ。

しかし、五人の中間は諦めそうになかった。

斬らないまでも、足止めはしなくてはなるまい。

「仕方あらへんなぁ」

気が進まぬ様子で呟くと、綾麻呂は土手道の真ん中で立ち止まった。

そのまま踵(かかと)を着くことなく、背後へと向き直る。

身の丈が五尺に満たない体とは思えぬ程、堂々とした動きであった。

細身のようでいて、綾麻呂の体は鍛え込まれている。水干袴の短い裾から剝き出しにした脛(すね)のみならず、袖口から覗く腕も逞しい。

その強靱(きょうじん)な五体から滲み出るのは殺気——いや、鬼気(きき)と言うべきか。

近づく者を圧して余りある気迫を、綾麻呂は小柄な体に纏(まと)っていた。

三

「うわっ」

文三が慌てた声と共に立ち尽くした。

懸命に追った相手が自分から、急に足を止めたとあっては驚くのも無理はない。

しかも綾麻呂の真正面に立った途端、剣呑な気が漂ってきたのだ。

いまだ遠間とはいえ膝が崩れそうになる程に、禍々しい。

「しっかりしなせぇ、兄い」

続いて足を止めた勘六が文三を叱咤した。

毒舌が控えめになったのは他の兄貴分たちに叱られただけではなく、綾麻呂と向き合うや尋常ならざる相手だと感じ取ったがゆえだった。

「兄いも六も気ぃ張りな。こいつぁ平山の若旦那を叩っ斬り、うちの殿様を追い込みやがった、滅多に居ねぇ腕っこきだぜ」

苦み走った顔を引き締めて立つ瓜五の傍らに、力士じみた巨漢の鉄二が肩から下ろした素槍を構える。風見家の槍持ちとして預かる伝来の一筋だ。

四人が顔を揃えたところに、中間頭の又一が追いついた。

「行くぜぇ、総がかりだ」

小柄な体に気合いを漲らせ、又一が大脇差の鯉口を切る。綾麻呂の纏う鬼気に気づきながらも動揺を示すことなく、仁王立ちとなっていた。

「へいっ、カシラ！」

鉄二を除く三人も一斉に大脇差を抜き放ち、中段の構えを取る。

大脇差は風見家に立ち寄り、取ってきた得物である。屋敷内の中間部屋に日頃から用意され、錆びないように手入れを欠かさぬ有事の備えであった。

中間は武家に奉公していても武士ではない。

日頃は紺看板の後ろ腰に木刀を一振り帯びるのみだが、事あらば主君に従って出陣する立場でもある。武家は有事の軍役を前提に、当主が率いる兵員として家来を召し抱えているからだ。

又一をはじめとする五人は先代当主の多門に鍛えられ、刃長が二尺、約六〇センチに近い大脇差の扱いを会得している。竜之介の代になって奉公した左吉と右吉、茂七は稽古を始めたばかりのため同行を許されていなかった。

中間たちはじりじりと間合いを詰めていく。

対する綾麻呂は動かない。

水干の帯前には、寸の詰まった小脇差が一振り。

左の腰に佩いた太刀も、黒漆塗りの鞘に納められていた。

刀と違って峰を上に、刃を下に向けて腰にした太刀の刃長は、鞘の長さから察するに二尺三寸から二尺三寸五分、約六十九センチから七〇・五センチ。現役の武士が帯びる刀の上限として幕府が決めた定寸と同じだが、注視しなければ分からない。綾麻呂が並より小柄なため、実寸より長いと錯覚するからだ。

公家の元服は子供の身長が四尺五寸、約一三五センチに達することが平安の昔からの習わしとされている。今年で十七になった綾麻呂は元服した二年前から殆ど伸びてはおらず、中間衆で最も小柄な又一より更に低い。定寸とはいえ二尺を超える太刀を抜くだけでも一苦労だろう、と思わせる程の小兵だ。

しかし、取り囲んだ中間衆に油断はない。

彼らが仕える竜之介も、体格は綾麻呂とほぼ同じ。

将軍付きの小納戸を代々勤める風見家に婿入りし、足高を含めて五百石取りの旗本の家の当主である以上、帯びる刀は定寸だ。

竜之介はその定寸刀を自在に捌き、凡百の遣い手は足下にも及ばぬ剣の手練。将軍の直臣である御直参の中でも、贔屓目抜きで抜きん出た腕利きなのだ。

その竜之介と拮抗する実力を綾麻呂は備えている。油断できるはずがあるまい。

元より勝ち目の薄い相手だが、主君の面目を守ることは家来の務め。

臆してなどはいられない——。

先陣を切ったのは瓜五だった。

次の動きを読まれぬため、余計な気合いを発することなく間合いを詰めていく。

援護するのは勘六、次いで文三だ。

後詰めの鉄二は左足を前にして、槍の穂先を綾麻呂に向けている。瓜五たちがやられた時は即座に突きかかるべく、巨軀がはち切れんばかりの闘志を漲らせていた。

「どなたはんも、ええ眼をしとるわ」

感心した様子で呟きざま、綾麻呂は太刀の反りを返した。

刀を帯びる時と同じ、刃を上に向けた状態で刀身が抜き放たれる。

間合いを詰めてくる瓜五を前にして、流れるようにしたことだ。澱みのない所作を見ただけで尋常ならざる腕前と察しがつく。

瓜五は負けじと進み出た。

声のみならず顔立ちにも色気のある女泣かせの瓜五だが、剣術は風見家の中間衆で最も腕が立つ。貫禄は又一に、膂力は鉄二に及ばぬものの、木刀を持たせれば用人の松井彦馬の上を行き、多門仕込みの棒術に秀でた足軽の島田権平を相手取っても三本に一本は取る程の実力を有していた。

瓜五は一足一刀の間合いに入った。

文字通り一歩踏み出し、一振りすれば相手に届く距離である。

無言のままに前進しざま、瓜五は大脇差を袈裟に振るう。

並の武士ならば太刀打ちできず、一刀の下（もと）に骨まで断たれていただろう。

「ええなぁ、その眼」

綾麻呂は歓びの声と共に太刀を振るった。

大脇差が両断された。

半ばから断たれた刀身が、さくりと地面に突き立った。

同時に瓜五の体も力を失い、綾麻呂の足下に崩れ落ちていた。

「兄い！」

勘六が堪（たま）らず悲鳴を上げた。

「しっかりしろい」

退（ひ）けた腰を引っぱたき、文三が代わって前に躍り出た。

「行くぜぇ、若造」

動きを読まれるのも意に介さず、諸手（もろて）で大脇差を振りかぶる。

捨て身で仕掛けた真っ向斬りだ。

「お前はんもええ眼をしてはるわ」

綾麻呂は避けることなく迎え撃ち、文三の大脇差も両断した。

「くそったれ!!」

勘六が怒号(どごう)を上げて、綾麻呂に立ち向かった。

多門から中間たちの指導を引き継いだ竜之介の教えが身についているため、怒りに駆られても柄を握る手の内は崩れていない。

左手を軸に振り下ろす基本を守った上で並より長い腕を最大限に活かすべく、前の二人より遠い間合いから斬り付けようとしていた。

得物の刃長は劣っても、体格は勘六が勝る。

綾麻呂の太刀が届かぬ間合いさえ保てば、大脇差を折られることもあるまい——。

勘六の大脇差が唸りを上げた。

綾麻呂の真っ向を狙った一刀が虚空(こくう)を斬る。

「えっ!?」

動揺の余りに声を上げた瞬間、細い体がくの字に折れた。

「あばらが折れたかもしれへんわ。堪忍(かんにん)え」

ぐったりと倒れ込むのを横目に、綾麻呂は柄から離していた右手を元に戻す。前に跳んで間合いを詰めざま、みぞおちに拳(こぶし)を叩き込んだのだ。

「おっと」

綾麻呂はその場で宙に跳び上がった。

今し方まで立っていた地面に、どっと槍穂が突き刺さる。

綾麻呂が降り立つ瞬間を狙い、鉄二が再び繰り出す突きは速い。

同時に又一は大脇差を引っ提げ、綾麻呂を背後から狙っていた。

自分と諸共に構わず刺し貫けと、あらかじめ鉄二に命じた上でのことだ。

竜之介はそこまで望むまいが、この場は又一が頭である。

主君のために身命を賭するは家来の務め。

士分であろうとなかろうと、己が信ずるままに動くのみだ——。

日頃からの信条の下、又一は大脇差を振りかぶる。

ちょうど一足一刀の間合いである。

こちらの斬り付けを綾麻呂が跳んでかわせば、そこを鉄二の槍が襲う。

その場に踏みとどまって又一を倒しても、刺し貫かれるのは同じこと。

今こそ仕留める好機だった。

「ヤーッ」

鉄二が三たび綾麻呂に突きかかった。

寡黙な男の口を衝いて出た気合いが、夜の空気を震わせる。

必殺を期した刺突を、又一もその場で待ち受ける。

　しかし、槍穂は届かない。

　こたびは地に突き刺さることさえなく、水平に突き出されたまま止まっていた。

「鉄っ⁉」

　又一が驚きの声を上げる。

　綾麻呂は水平になった槍の長柄に乗っていた。上ではなく前に向かって跳び、自らの体の重みによって巨漢の突きを封じたのだ。

　牛若丸もかくやの離れ業を目の当たりにして、又一は凍りついていた。

　動けないのは鉄二も同じ。

　綾麻呂を振り落とそうにも、槍はぴくりともしない。

「ほんま竜之介はんは果報もんやな。身内だけやのうて、家来にも恵まれとるわ」

　綾麻呂は足を滑らせることもなく、太刀を片手に微笑んだ。

　そのまま長柄を伝って歩き、鉄二と視線を合わせる。

「お前はんの槍捌きは大したもんや。せやけど、今夜のとこはここまでにしといたってな」

　笑顔で綾麻呂がそう告げるや、気を呑まれた鉄二の巨体から力が抜けた。

　手の内が緩み、槍が落ちる。

気を失った鉄二がよろめき、巨体が大木（たいぼく）のごとく倒れ伏す。

それより早く、綾麻呂は地面に降り立っていた。

上流に向かって土手を駆け去るのを、鉄二は元より又一も追いかけられない。共に気を呑まれたまま、呆然（ぼうぜん）と見送るばかりであった。

「ううっ……」

最初に倒された瓜五が、呻（うめ）きながら上体を起こした。

「あれ？　三途（さんず）の川にしちゃ、賑やかすぎるんじゃねぇのかい……？」

傍らに転がっていた文三も目を開き、土手の下を流れる大川を唖然（あぜん）と眺めやる。

柄の当て身で失神しただけの勘六はともかく、いずれも綾麻呂に斬られたはずだ。

「お前たち、生きてたのか」

「どうやら峰打ちだったようでさ」

又一に答えながらも、瓜五は信じ難い面持（おもも）ちだった。

綾麻呂が振り下ろした太刀は間違いなく、刃がこちらに向けられていた。

いつの間に反りを返し、斬れない峰を当てたのか？

更なる手練ぶりを知るに及んで、中間たちは声もない。

彼らの許に向かったはずの竜之介は、いまだ姿を見せずにいた。

四

「風見竜之介、観念せい。逆らわずに同道致すが身のためぞ」

居丈高な声の主は、まだ若い男のようだった。

年格好が判然としないのは、頭巾で顔を隠した上に体形が隠される、忍びの装いをしているがゆえである。

配下と思しき面々も揃いの装束を纏い、十兵衛と雷電の動きを封じていた。

「うぬらも下手に動かぬことだ。これなる投網は強靱な鎖で編まれておるゆえ、幾らあがいたところで破ることは叶わぬぞ」

「おのれ、先輩に何をする気だ！」

「うー！　わん!!」

負けじと吠える十兵衛と雷電は共に搦め捕られた網の中、それぞれ指と口を血塗れにしていた。

思いもよらぬ手段で捕らえられたのは、中間たちを追った竜之介の後に続いて駆け出そうとした時だった。柿渋色の装束で闇に紛れた一団は、竜之介が十兵衛の手当てを受けている間に忍び寄り、風向きを巧みに読むことで雷電の鋭い鼻をも出し抜いて間合いを詰めざま、襲いかかってきたのである。

十兵衛と雷電が投網に搦め捕られると同時に竜之介も、一団を率いる男に定寸より短く仕立てられた、反りのない忍び刀を突きつけられていた。

武術の技量は、手負いであっても竜之介が上を行く。男が単独で仕掛けてきたのであれば苦もなく制し、必要とあれば命まで奪っていただろう。

しかし、大事な友と犬の命を掌中に握られてしまっては逆らえない。

「おぬしたち、いずこへ連れ参ると申すのか」

竜之介は怒りを抑え、男に向かって問いかけた。

「分からぬか。西ノ丸下のお屋敷だ」

「越中守様のご役宅だと？」

「左様。かねてよりのお申しつけでな、うぬの御城下での動きを見張っておった」

「それがしの身辺に目を光らせていたと申すのか」

「そういうことだ。あの公達めいた若衆と斬り合いに及びしは影の御用に非ず、平山行蔵が意趣返しであるのも承知の上よ」

「………」

たしかに、竜之介の身辺に張りついていなければ分からぬことだ。

しかも密かに仰せつかっている、影の御用のことまで知られているらしい。

「して、何故にそれがしを西ノ丸下へ連れ参るのか」

動揺を押し隠し、竜之介は問う。

「分からぬか」

呆れた様子で男は言った。

「いかに上様の御威光を汚したとは申せど、いきなり御前に罷り出てて御詫びを申し上ぐるは無礼の上塗りであろう。まずは老中首座にして将軍補佐であられる越中守様にお目通りし、申し開きを致すのだ」

「……咎めの元は拝領刀、か」

「そういうことだ」

「………」

「せめて不覚を取らねば大目に見てやることもできたであろうが、あの有様ではどうにもなるまい。己が未熟の招いた咎と知るがいい」

淡々と告げる男に、竜之介は返す言葉もない。

「お頭」

配下の一人が男に歩み寄ってきた。

持参の袱紗を添えて持ってきたのは、半ばから断たれた刀身。

目より上の高さを保ち、丁重に捧げ持っている。

それは綾麻呂との戦いにおいて両断された、竜之介の刀の成れの果てであった。

「備前長船光忠。上様より拝領せし御刀に相違ないな？」

「……相違ござらぬ」

竜之介は口調を改め、男の問いに応じた。

当代の将軍である徳川家斉から授かった一振りは去る五月二十八日、大川の川開きの夜に悪しき旗本夫婦を成敗し、取り返した将軍家所蔵の逸品。最初に家斉が授けた別の旗本が辻斬りに用いていたのを横取りし、表沙汰にされる恐れはないと承知で私したのを竜之介が奪還したのだ。

かつて柳生一門で兄弟子だった悪旗本とその妻女は、将軍家の直臣として禄を食むに値しない、死を以て罪を償わせるだけでは飽き足らぬ外道だった。

とはいえ、刀自体に罪はない。

それも刀剣の産地として知られた備前国で名匠の一人に数えられ、かの長船一門の祖となった光忠の作なのである。

長船一門は光忠が存命だった鎌倉の頃から南北朝の動乱を経て、室町の世に更なる発展を遂げた後、戦国の乱世に突入してからは複数の刀工が同じ銘を用いた、量産品でありながら質の高い作刀で評判を取っている。しかし豊臣秀吉が太閤検地で実質的に天下統一を成し遂げた天正十八年、吉井川の氾濫で流域に拠点を構えていた長船一門は壊滅。多くの刀工が命を落とし、同時に技法も絶えてしまった。

失われた匠の技が込められた、しかも一門の祖が鍛えた一振りとなれば自ずと価値は高いが、その価値が分をわきまえずに所有したがる愚者を呼び寄せ、醜い争いの素となるのも世の常だ。愚かな旗本どもの手に渡り、悪しき行いに行使されてしまった光忠には、真にふさわしい持ち主が必要だった。

ゆえに家斉は竜之介に下げ渡し、かねてより腕前と人柄を見込んで影の御用を命じていた彼ならば、古の名刀を正しく用いてくれると期したのである。

その期待を、竜之介は裏切ってしまったのだ。

登城の折に限らず、常に帯びていたこと自体は問題ない。武士にとって刀とは後生大事にしまい込んでおくのではなく、身分の証しと同時に主君と我が身を護る利器として活かすべきものだからである。

しかし今宵に限っては、別の刀にすべきであった。

綾麻呂との戦いは公務ではなく、完全な私事（わたくしごと）。

しかも勝負を引き分けたものの、拝領刀は両断されてしまった。

その後の始末も拙（まず）かった。

将軍家が九代家重（いえしげ）公の頃から御家紋としてきた、十三の蕊（しべ）を特徴とする三つ葉葵（あおい）が彫られた鎺（はばき）は残った下半分の刀身と共に、鞘に納められている。

だが上半分は断たれたままの状態で、土手に転がっていたのである。

刀に限らず、拝領した品には将軍本人に等しい威光が備わっている。

それを竜之介は粗末に扱ってしまったのだ。

綾麻呂が退散したのを見届けたら真っ先に、謹（つつし）んで回収すべきであった。

根っからの無礼者ならば、そもそも御刀を授かることはなかっただろう。

しかし竜之介の御役目は、将軍の御側近くに仕える奥小姓。

将軍家に仇（あだ）なす輩（やから）を人知れず成敗する、影の御用まで仰せつかっている。

家斉が寄せる信頼は、極めて大きい。

竜之介の出自（しゅつじ）を考えれば、本来は与（あずか）れぬ恩恵だった。

「悔いても遅いぞ、風見」

竜之介の胸の内を読んだかのごとく、男は更に厳しい口調で言い渡す。

「上様の御用に関わりなき、私の闘争の場に帯びて参ったは短慮の至り。左様に思い知った上で越中守様にお目通りし、うぬが落ち度を包み隠さず申し上げよ」

「……承知つかまつった」

男の言葉に逆らうことなく、竜之介は首肯した。

「得心したのであれば良い。その者は放してやれ」

竜之介の同意を見届けた男は、配下たちに目配せをした。

見た目よりも重そうな投網が捲られ、まずは十兵衛が解き放たれた。

続いて雷電が、網の下から這い出てくる。

「うーっ……」

唸り声は強い怒りを帯びている。

男たちが強いて竜之介を連行しようとすれば、迷わず襲いかかるに違いない。

雷電は猟犬の中でも勇敢なことで知られ、狼や熊と戦うことも恐れぬ紀州犬。

その強さを以て立ち向かったところで、犬を巧みに操る術をも心得ている忍びの者たちには敵うまい。

「大人しゅう致せ」

すかさず命じた竜之介は、十兵衛に視線を転じた。

「おぬしもだぞ、倉田。雷電を連れ、早々に屋敷へ帰るのだ」

「先輩、されど！」

堪らぬ様子で十兵衛は食い下がった。

このままでは雷電を連れ帰るどころか、一緒になって暴れ出しかねない。

十兵衛が気弱なばかりの男ではないことを、竜之介は知っている。

助けてくれと一言乞えば牛をも持ち上げる剛力を発揮し、命懸けで血路を開こうとしてくれるだろうが、それは十兵衛の一命のみならず、風見家と同じ五百石の旗本である倉田家まで危うくすること。これ以上、巻き込んではなるまい。

「黙りおれ」

じっと答えを待つ十兵衛を、竜之介は厳しい声で叱りつけた。

「これは咎めを受けて当然の落ち度。各々方に逆ろうては相ならぬ」

「先輩……」

「早う行け」

切なげに呟く十兵衛に背を向けた竜之介は、話を逸らすべく男に問うた。

「時に貴公、ご姓名は何と申されるのか」

「……服部次郎吉と名乗っておこう」

しばしの間を置き、男は答えた。

「服部殿とな？」

思わぬ姓を耳にして、竜之介は唖然とする。雷電を連れて立ち去りかけた十兵衛も半信半疑といった態で、男の顔を見返していた。

「偽名ではないぞ」

二人の反応を見て取るや、男は憮然と言い添えた。

「拙者は他家へ養子に入っておるが、我が父は服部半蔵。知っての通り桑名の松平様に代々お仕えせし身なれど、故あって越中守様に合力つかまつっておると心得よ」

「何と……」

竜之介は驚きを隠せない。

服部半蔵の名を世襲する一族は伊賀の忍びだった初代の正種が神君家康公の生家である松平家に仕え、二代目の正成は武将として家康公を支えたものの配下の伊賀者と不和が生じ、立場を失った子孫は桑名藩に召し抱えられた。

桑名藩は松平定信が一大名として治める白河藩の本家筋だ。定信が幕政を改革する上で諸事の探索を重んじていることは竜之介も承知だったが、伝手を頼って服部一族まで密かに使役していたとは、予想だにしていなかった。

第一章　落ち度は手証

一

悄然と肩を落とし、十兵衛と雷電が夜更けの土手を下っていく。

「悪あがきを致すでないぞ」

と、次郎吉から念を押された上でのことだった。

いまだ信用されてはいないらしく、配下の忍びの者たちが一挙一動に目を光らせている。妙な動きを見せれば即座に殺到する気構えを、無言の内に示していた。

「くっ！」

「ぐるる」

足を止めて睨み返す十兵衛と雷電だったが、抵抗するには相手が悪すぎた。

次郎吉と配下たちを使役しているのは、老中首座の松平越中守定信。

小納戸を務める十兵衛にとっては職場の長、それも雲の上の大物だ。

将軍補佐に加えて奥勤めを兼任する定信は中奥の御用部屋で政務を執りつつ、家斉の日常にまで干渉できる権限の下、奥向きに詰める旗本たちを統括していた。

側用人や御側御用取次といえども逆らえぬ以上、将軍の身の回りの御世話を務める小姓と小納戸に落ち度があれば、無事では済まない。

竜之介の直属の上役である金井頼母ら小姓頭取も、小姓より格が低い小納戸の束ね役ながら頼母らよりも格上の杉山帯刀ら小納戸頭取も、定信から言われたことには異を唱えられず、家斉の監視をさせられていた。

中奥における定信の権威は絶対なのである。

家斉からして遠慮が多く、定信が一日の御用を終えて下城するまでは気が抜けないのだ。将軍家代々の日課である剣術の稽古時間を長引かせたり、御台所の茂姫との仲の良さを見せつけ、かつて徳川家と敵対した島津家の姫君であるのを危惧する定信を苛立たせるのが、せめてもの抵抗という有様だった。

定信と将軍家の間柄を考えれば、家斉が強く出られぬのも無理からぬことだろう。

老中は譜代の大名から選ばれるが、定信は他の大名たちと格が違う。

亡き祖父は、八代将軍の吉宗公。亡き父の徳川宗武は吉宗の次男で、吉宗公が創設させた田安徳川家の初代当主。

吉宗の長男で九代将軍となった家重公は伯父であり、三年前に亡くなった十代将軍の家治公は従兄弟に当たる。白河藩主の久松松平家から望まれて婿入りし、姓を改めはしたものの、歴とした将軍家の一族なのだ。

対する家斉は吉宗の曾孫に当たり、祖父の徳川宗尹は田安徳川家と共に設けられた一橋徳川家の初代当主。実の父親で二代当主の治済は、定信とは従兄弟同士だ。同じ吉宗公の血筋でも世代が一つ下の、いわば叔父と甥のような間柄とあっては、家斉も遠慮をせざるを得まい。血筋の良さに加えて政の手腕にも秀でた定信は、自身が将軍となってもおかしくない程の逸材であった。

それ程の大物に、竜之介はかねてより疎んじられていた。

風見家に婿入りして小納戸の御役目を継ぎ、わずか一年で家斉に認められて小姓に抜擢されたというのに、いまだ定信の目は厳しい。

竜之介が家斉から御刀を授けられた場には定信も同席したとのことだが、その後の不機嫌ぶりは思い出すだに恐ろしい。不埒者から取り返した手柄はどうあれ、竜之介が拝領したことを快く思っていないのは明らかだった。

その御刀を竜之介が損ねたばかりか粗末に扱ったと知らされれば、ここぞとばかりに厳しい罰を与えるに違いあるまい――。

「何としたのだ、早う行け」

幾度も振り返る十兵衛を見かねたのか、土手の上から竜之介が促した。

無事だった脇差は元より、綾麻呂に両断されて半分だけとなった刀も納めた鞘ごと取り上げられ、丸腰にされていた。

「先輩……」

「案ずるには及ばぬ。奥と義父上にも余計なことを申すでないぞ」

「………」

十兵衛が雷電と共にこの場から立ち去り次第、竜之介は定信の役宅である西ノ丸下の屋敷へ連行されることとなる。

待っているのは十中八九、死罪に処されることを前提とした謹慎の沙汰だ。

竜之介に御刀を与えた家斉は当年十七歳という若さに加えて鷹揚な人柄だが、その御目付役と言うべき立場の定信は、いまだ若年の域である三十二歳にして堅物の極みと言うより他にない。老中首座に就任して以来、幾人もの旗本と御家人を死罪を含む厳罰に処してきた。

公金横領などの明らかな罪科は元より、政敵だった田沼意次が御政道を担っていた当時は問題視されなかった個人的な酒色遊興も、定信は御直参にあるまじき素行不良と断じて罪に問う。死罪と決まった場合は武士の特権である切腹を許されず、町人と同様の打ち首となる例が多かった。

そうやって処刑された者たちにも増して、竜之介の立場は悪い。

将軍の御側近くに仕える立場であるがゆえ、尚のこと不遜と見なされるのだ。

そして死した後も定信が憎んで止まない男の甥であるがゆえ、幾ら精勤したところで認められも、許されもしないのだ。

「………」

十兵衛は忸怩たる心境であった。

できることなら、この身に換えても竜之介を助けたい。

そう思えるだけの恩義を感じているからだ。

十兵衛の名前は神君家康公に秀忠公、家光公と三代に亘って将軍家の剣術指南役を務める一方、大目付の前身に当たる大監察としても手腕を振るった柳生但馬守宗矩の長男だった、柳生十兵衛にあやかったものだ。

分不相応な名前をつけたのは、今は隠居している父親だ。

武芸をこよなく好みながらも技量の上達が追いつかず、待望の男子を授かったのを幸いに大望を託した気持ちは分からぬでもないが、十兵衛と名づけたばかりか諱まで同じ光厳にするとは僭称にも程がある。

余人に明かすことが基本的にない諱はともかく、自己紹介をするたびにそぐわぬ名乗りをしていれば、周囲から失笑されるのは当たり前。まして天下の柳生家の道場に入門したとあっては、恥知らずな木偶の坊めと兄弟子たちからいじめを受けたのも無理のないことだった。

自ら望んで門下に入ったのならば耐え忍ぶのも試練だが、十兵衛にとっては災難でしかない。少年の身で自害をしようとまで思いつめ、生来の明るさは鳴りを潜めた。

そんな十兵衛を救ってくれたのが、他ならぬ竜之介。

気の優しさゆえに打ち返せぬ十兵衛を蟇肌竹刀で叩きのめしては喜んでいた兄弟子たちに稽古相手を所望し、泣き出すまで付き合わせ、角が立たぬように懲らしめる内に誰も手を出せなくなった。そんな有様を密かに見ていた一門の総帥の柳生俊則が頑迷な父を自ら説き伏せてくれたおかげで、円満に道場を辞めることができた。俊則が竜之介の才をかねてより見込み、目に掛けていたがゆえのことであった。

歳は一つしか違わぬものの、竜之介ほど頼りになる目上の人物を十兵衛は他に知らない。

受けた恩を返しきれぬまま、死なせてしまうわけにはいくまい。

十兵衛はいま一度、肩越しに振り向いた。

「雷電を頼むぞ」

言葉少なに告げる童顔は、夜目にも凛々(りり)しい。

「先輩……」

十兵衛は食い下がろうと返しかけた言葉を飲み込む。

竜之介は既に覚悟を決めている。

十兵衛と雷電に無茶をさせることなど、望んではいないのだ――。

「くーん」

「参るぞ」

切なげに鳴く雷電に一声告げて、十兵衛は黙々と歩き出す。

当年四歳の雷電は竜之介の伯父の田沼意次がまだ権勢の座に在った頃、甥(おい)の知己(ちき)である十兵衛に贈ってくれた紀州犬だ。仔犬から大事に育てた上で先頃まで知り合いの猟師に預け、甲州(こうしゅう)の山で猟犬としての地力(じりき)に磨きをかけさせた甲斐あって、竜之介の影の御用の役にも立っていた。

しかし今、雷電が竜之介のためにできるのは、黙して去ることのみである。

雷電を連れた十兵衛が土手を下り、札差の店が軒を連ねる蔵前の通りを抜けた先は西両国。竜之介が生まれ育った神田（かんだ）の武家地までは、ほんの一跨（ひとまた）ぎの距離だった。

二

十兵衛と雷電の後ろ姿が遠ざかっていくのを、竜之介は土手の上から見届けた。

「お待たせ申した、次郎吉殿」

竜之介は次郎吉に向き直り、詫び言（ごと）を述べた。

「真に迷惑千万だ。越中守様の厳（いか）めしいお顔が目に浮かぶわ」

「重ね重ね、相すまぬ」

憮然（ぶぜん）と答える次郎吉に、竜之介は再び頭を下げた。

「あのお方に仕える身にもなってくれ。越中守様が日頃より早寝を心がけておられることは、おぬしも存じておるはずだ」

「元より承知にござる。夜分の来客は、早々に引き取らせるのが常とか」

「その通りだ。されば風見、急ぎ参るぞ」

「心得申した」

「おぬし、足は大事ないのか」

次郎吉は竜之介を急かしながらも、気遣うように問いかけた。

「手傷は鍔競り合いで諸腕に負うただけなれば、ご心配には及び申さぬ」

「それは重畳」

竜之介の答えに次郎吉は頷いた。

覆面越しに聞こえる声は心なしか、先ほどよりも穏やかな響きであった。

「若、お召し替えを」

次郎吉の配下の一人が歩み寄ってきた。

差し出したのは風呂敷包み。

定信の許へ赴く前に、次郎吉は身なりを改めるつもりらしい。

それは礼儀を抜きにして、必要なことであった。

大川土手の闇に紛れて取り囲み、竜之介らの動きを封じる上で有効だった柿渋色の忍び装束も、町中に出れば目立ってしまう。

町境の木戸が閉じられる夜四つ——午後十時以降ならば身軽さを発揮し、屋根伝いに移動するのみだが、人通りが絶えていない時分には人目に立ち、盗人と間違われるだけである。大川土手に忽然と現れた次郎吉も配下も、移動中は無難な身なりをしていたはずだ。

「しばし休んでおれ」

竜之介に一声かけると、次郎吉は風呂敷の結び目を解いた。

包みから出てきたのは、ぞろりとした長羽織と桐の下駄。

次郎吉は忍び装束の脚絆を解き、滑り止めの金具がついた草鞋を脱ぐ。

素足になって下駄を履き、長羽織に袖を通す。

脱いだ頭巾の下は、髷の先を刷毛で散らした本多髷。

本来は武士の髪型だったのを、遊び人風の洒落た結い方にしたものだ。

配下たちもそれぞれ持参の包みを広げ、同様に装いを改めていく。

一同が着替える様を前にして、竜之介は啞然とさせられた。

次郎吉と配下たちは奢侈の禁止と士風の矯正を目指す定信のため、探索に従事している身のはずだ。にもかかわらず、酒色遊興に湯水のごとく浪費をして憚らぬ札差を中心とする、十八大通めいた衣装を選ぶとは信じ難い。

かの花川戸助六に扮装して吉原に日参し、全ての遊女を総揚げにして福の神ともてはやされる暁翁こと大口屋治兵衛ほど傾いた装いではないものの、歴とした武士が袖を通すべきではあるまい。

「その形は何としたのだ、次郎吉殿」

「驚くには及ばぬ。身なりを変えて目を晦ませるのは忍びの基本であるゆえな」

思わず問うた竜之介に、次郎吉は事もなげに答えた。

頭巾を脱いで露わにしたのは険のない、すっきりとした目鼻立ち。童顔の竜之介と違って年相応の、若さと稚気のある顔だった。

「それは分かるが、何も通人めいた装いをせずともよかろう」

居丈高な態度と無縁の顔立ちに戸惑いながら、竜之介は続けて問う。

「心得違いを致すな。元より越中守様の政に逆らうつもりはないわ」

「されば何故、左様な形に」

「お堅い老中首座のお耳役には見えぬ上、手間が省けるのだ」

次郎吉は答えながらも手を休めずに、長羽織の襟をきちんと正した。

「これだけ裾が長いゆえ、わざわざ着物を替えて帯まで締め直さずとも忍び装束の上に重ね、前を掻き合わせれば事足りる。忍び袴も脚絆を解いただけで十八大通気取りの遊冶郎どもが好んで穿きおる、だぶだぶした股引に見えるであろう?」

「うむ……それに貴公の差料は短いゆえ、左様に致さば大脇差に見えなくもない……」

「さもあろう。直刀で拵も少々いかついが、長羽織のおかげで目立たぬゆえな」

変装の仕上げに忍び刀を左腰に帯び、次郎吉は莞爾と笑う。

竜之介が見立てた通り、大脇差は通人の装いに欠かせない。

と言っても綾麻呂の後を追った風見家の中間たちのように得物として用いるのではなく、拵に贅を尽くしたものを装飾品として腰にするだけだ。

「さ、おぬしも羽織れ」

着替えを終えた次郎吉は、風呂敷包みの底から長羽織を取り出した。予備と思しき長羽織は次郎吉が袖を通したものに劣らず、値の張りそうな品だった。

「その形で市中を歩かば、西ノ丸下に着く前に徒目付が飛んで参るぞ。上様御付きの奥小姓が刃傷沙汰とは何事かと、あらぬ疑いをかけられては拙かろう」

「そ、それはそうだが……」

「寸刻を惜しむと申したはずだぞ。早うせい」

次郎吉は背後に回り、広げた長羽織を肩に掛けた。

無下にもできず竜之介は袖を通し、断たれた肩衣と血が滲んだ熨斗目を隠した。

「行け」

次郎吉に促され、竜之介は歩き出す。

次郎吉が脱いだ頭巾と脚絆（きゃはん）、草鞋を包んだ風呂敷は、先ほどの配下が自身の包みと共に持ち去った。

その男を含めた数人は木綿の着物を纏い、前掛けを締めていた。商家に住み込みで働く手代の装いだ。

通人になりすましていながら荷物など抱えていては不自然なため、お供の奉公人に化けた何人かの配下が全員の分を大風呂敷に纏めて持ち帰る段取りらしい。竜之介を捕らえる際に十兵衛と雷電の動きを封じた投網も、いつの間にか回収されていた。

「引き揚げさせて構わぬのか、次郎吉殿」

三々五々散っていく次郎吉の配下たちを横目に、竜之介は呟いた。

「思い上がるでないぞ。拙者一人になろうとも、おぬしを逃がしは致さぬ」

憮然と答える次郎吉は、竜之介の左後ろに張りついていた。

取り上げた刀と脇差は着替えを包むものとは別に用意された風呂敷に包み、次郎吉が自ら携えていた。町人が二刀を帯びることは元より御法度（ごはっと）だが、客からの預かり物などと称して持ち歩くだけならば障（さわ）りはない。大店のあるじが自ら運んでいても、不自然だとは思われまい。

次郎吉はこうして人目を欺くのみならず、竜之介への警戒も怠ってはいなかった。張りつきながらも間合いを取り、脇差を奪い返されぬように用心している。大脇差と装って腰にした忍び刀も長羽織の下に隠し、早足で歩く弾みで堅牢すぎる拵が露わにならないように気を配っていた。

武術の技量は竜之介に及ばぬものの、機敏さは次郎吉が上を行く。

まして手負いの身では、出し抜くのは難しい。

よからぬ考えを振り払い、竜之介は歩き続けた。

それにしても、独りで連行するとは豪胆なことだ。

「元より逃げ出すつもりはないが、あの者らは貴公の配下なのであろう」

抱いた疑問が、ふと口を衝いて出た。

「心得違いを致すでない。あれは皆、父上の家中ぞ」

「服部半蔵殿の？」

「乱世の伊賀者には及ばずとも、鍛えられし者たちだ。拙者も部屋住みだった頃には遠慮抜きにしごかれたゆえ、否応なしに腕が上がった次第でな」

驚く竜之介に答える次郎吉の声は、懐かしげな響きを孕んでいた。着替えを持ってきた配下から『若』と呼ばれていたのは、そのような間柄だったがゆえなのだ。

「あの者たちは桑名藩のお耳役として江戸表に詰めておる。他ならぬ越中守様のご用とあって労を惜しまずに手伝うてくれるのはあり難きことなれど、程々にさせておかねば本来の役目に差し障る。人を使うには、さじ加減が欠かせぬものよ」

「良き心がけだな、次郎吉殿」

「やかましいわ。黙って行け」

川風の吹き寄せる中、二人は早足で歩き続けた。

三

二人は蔵前から両国橋に出て大川端を離れ、神田川に沿って進みゆく。

竜之介が綾麻呂と立ち合うべく誘導した道を、逆に辿る経路であった。

「……一つ訊いても構わぬか、次郎吉殿」

おもむろに竜之介が口を開いた。

「息を乱してはおらぬとは感心だな。申してみよ」

「されば尋ねる。それがしが戦うた相手について、貴公はどこまで存じておるのだ」

「顔を合わせたのは今宵が初めてだ。佐竹様が上屋敷のご門前にたまさか張り込んでおったゆえ、おぬしが連れ出したのを追って参った」

「たまさかに？」

「偽りは申さぬ」

「越中守様のご用か」

「申すまでもあるまい。元より子細までは明かさぬぞ」

「それは構わぬ。それがしが知りたいのは、綾麻呂のことのみだ」

「綾麻呂と申すのか。見た目のみならず、名も公達めいておるな」

言葉を交わしながらも息を切らせず、二人は歩みを進めていく。柳橋から浅草橋と来て、そろそろ駿河台であった。

「拙者が見たところ、あの太刀術は武家と公家とが分かれる以前、平安の世の公達が学び修めたのと同じ古の技であろう。あやつは公家の出だとしても、禁裏の御使いで江戸に下って参る鉄漿様、おじゃる様の類いとは別物だ」

「それがしも左様に判じた。あの太刀術は馬上で用いることも踏まえておる。それも三尺を超える大太刀ではなく、日頃から佩いておるのを用いてな」

「馬上の太刀か。おぬしも会得済みの技だな」

「存じておったのか、次郎吉殿」

「おぬしのことは風見家へ婿に入った頃から見張らせて貰(もろ)うておった。暇さえあれば馬場に通うて、修練を重ねておったであろう」

「……それも越中守様のお申しつけか」

「悪う思うでないぞ風見。越中守様の田沼(たぬま)嫌いは、昨日今日に始まったことではないのだ。分家と申せど主殿頭(とのものかみ)の血を引く貴公が風見の婿となり、上様の御側近くに侍(はべ)る身となったからには、ご用心も止むなきことと心得よ」

「さもあろう。おぬしに文句を言うのは筋違いであったな」

童顔に差した怒りの色を鎮(しず)め、竜之介は次郎吉に詫びた。

駿河台を後にすれば、程なく千代田の御城が見えてくる。

「時に次郎吉殿、綾麻呂について他に存じておることはないか」

「くどいぞ風見。あやつを目(ま)の当たりにしたのは今宵が初めてと申したであろう」

「佐竹様にかねてより目を付けておったのならば、何か知り得たこともあるはずだ」

「……その健脚ぶりに免じ、教えてつかわそう」

次郎吉は溜め息交じりに言った。

「あやつが佐竹様の上屋敷に身を寄せたのは、七夕(たなばた)のすぐ後のことだ」

「七夕とな」

「思い当たる節があるようだな」

「……」

「こちらも出し惜しみは致さぬゆえ、隠し立ては無用に致せ」

沈黙を見逃すことなく、次郎吉が問う。

前後になって歩みを進める内に、二人は御濠端に差しかかっていた。

「……綾麻呂は、七夕の日中に本所の割下水で悪御家人に襲われた、それがしの甥を助けてくれたそうだ」

十六夜の月に煌めく御濠を横目に、竜之介はぼそりと答えた。

「おぬしの甥と申さば、岩本町の？」

「左様。兄の長男だ」

「名は忠と申したか。父親譲りの端整な顔立ちであったな」

「貴公の調べは、真に行き届いておるのだな……」

内心の動揺を隠し、竜之介は呟いた。

田沼の分家に過ぎない兄の子供の名前まで、次郎吉は承知している。

これは探索を命じた定信が田沼家をいまだ警戒し、竜之介の存在をも疎んじているということだ。家斉に信頼を預けられ、影の御用を申しつけられ、御刀を拝領するに至ったのが、さぞ腹立たしいに違いない。その拝領刀を両断された上に、心ならずも粗略に扱ってしまったのは、定信にとっては格好の口実となるだろう。

ここぞとばかりに家斉に進言し、竜之介に引導を渡そうとするに違いない——。

「風見、甥ごは綾麻呂に助けられたことを貴公にも明かしていなかったのか」

竜之介の動揺をよそに、次郎吉が問うてきた。

「忠とは笹竹流しの折に会うたが、何も聞いてはおらぬ」

「左様であったか。思うた通りぞ」

「何を得心しておられるのだ、次郎吉殿」

「年少なれど刀取る身の恥を知るがゆえ、格下の御家人相手に後れを取ったとは明かせなんだのであろうよ。流石(さすが)はおぬしの甥ごだな」

「……………」

「泰平の世には稀なる武術の手練を叔父に持ったとあらば、さもあろう」

次郎吉の口調に含みはなかった。

顔を合わせた当初の居丈高さも既(すで)に失せ、本気で感心しているらしい。

しかし竜之介は答えない。黙々と、変わらぬ早足で先を急ぐばかりである。

「ここまで参らば急(せ)くには及ばぬぞ、風見」

「…………」

「これ、傷が開かば何とする」

次郎吉が案ずる声も、耳に入ってはいなかった。

泰平の世には稀なる武術の手練。

竜之介の剣の技量を知る者は、誰もが同じことを言う。

味方となれば頼もしそうに、敵に廻れば忌々しげに口にする。

柳生一門で太鼓判を捺された、新陰流の剣術に限ったことではない。

槍に薙刀、長巻といった各種の長柄武器を使いこなす一方、いくさ場で手柄の証しに首を取る際の格闘に駆使された小具足も巧みである。投げ技と関節技は元より打撃技も切れが良く、六尺豊かな大男を相手取っても体格の不利を身軽さと俊敏な動きで補い、瞬く間に組み伏せ、打ち倒す。

弓を射れば遠間から確実に的を貫き、余人に乗りこなせぬ悍馬を御しながら強弓を弾き、中世の騎馬武者のごとく射抜いた首を飛ばすこともできる。

鉄砲の扱いにも弓に劣らず長じており、小筒と呼ばれる火縄銃に対して大筒と称される大砲の操作も、長崎帰りの師に就いて会得した。

武士が邪道として嫌う手裏剣術も偏見を持つことなく学び、削闘剣の異名の通り敵の急所を棒手裏剣や車手裏剣で狙い打ち、文字通り闘う力を削いでいく技のみならず脇差を投じる飛剣の術や、打根矢という手で持って投じる矢を用い、一撃で仕留める術も心得ていた。

武芸十八般の手練と名高い平山行蔵が認めた腕前は伊達ではない。竜之介に伍する遣い手は旗本八万騎のみならず、諸国の大名に仕える陪臣まで含めても稀だろう。なればこそ家斉の御目に叶い、影の御用を仰せつかる運びにもなったのだ。

そんな竜之介を、定信は都合の良い手駒としか見なしていなかった。

本来は家斉直々の命によって行動する竜之介を将軍補佐の権限で動かし、表だって刑に処しては障りのある旗本や御家人を密かに成敗させるのは、何も信頼しているがゆえのことではない。

竜之介は定信がいまだ憎んで止まない、田沼意次の甥である。

二百石の旗本の次男坊だった竜之介が各種の武術を、それも一流の師に就いて学び修めることができたのは、伯父の意次が援助を惜しまなかったがゆえであった。

意次の末の弟に当たる竜之介の父親の収入だけでは賄いきれぬ入門料や束脩の面倒を見る一方、旗本の中でも格の高い家の子弟でなければ通えない柳生家の道場に入門させる等、家治公の覚えも目出度い立場を活かし、竜之介が生まれ持った武術の才に磨きをかけたのは、いずれ田沼の家督を継ぐ息子や孫に仕えさせ、一族の護りとするためだった。

元より竜之介に異論はなく、敬愛する伯父の恩に報いるべく励んだものである。

こうして泰平の世には稀なる手練と呼ばれるに至った竜之介を使役するのは定信にとって、さぞ溜飲の下がることであろう。

意次を失脚させて病死に追い込み、横死した嫡男の意知に代わって家督を継いだ孫の意明を冷遇し続ける一方、本来は田沼の一族の護りとして鍛え上げられた竜之介を手駒として、存分に利用できるのだから――。

竜之介は思うのだ。

良い潮時が訪れたのだ、と。

今宵の不始末は定信を激怒させて余りあること。これまで処してきた旗本や御家人にも増して厳しく罰するべきと他の老中たちに主張し、たとえ家斉が助命を望んでも応じるとは思えない。

そうなれば一族の仇に使役され続けた、苦渋の日々も終わりを告げる。

同時に命まで失うことになるが、止むを得まい。

失脚した伯父を持つ身を御側付きに取り立て、御刀まで授けてくれた家斉には申し訳ない限りだが、竜之介がいなくなっても家斉付きの小姓には水野忠成（みずのただあきら）がいる。忠成は家斉がこよなく好む剣術の稽古と打毬（だきゅう）の相手に不足のない腕を持ち、義父の忠友（ただとも）は亡き意次と共に老中を務めた人物だ。家斉の覚え目出度く忠成が出世をすれば、田沼家の不遇な扱いも改められることだろう。

竜之介を婿に迎えてくれた風見家にも、今後の憂（うれ）いはなかった。

暮れに授かった虎和（とらかず）は祖父の多門にそっくりの、福々しくも丈夫な赤ん坊。竜之介に加えて母親の弓香からも武術の才を受け継いでいるはずであり、それぞれ手練と呼ぶに値する多門と弓香ならば自ら手本となり、強者に育て上げてくれるに違いない。

「次郎吉殿、置いて参るぞ」

「ま、待て」

歩みを速めた竜之介に、次郎吉は慌てながらも付いていく。

十六夜（いざよい）の月は雲に隠れ、千代田の御城は暗がりの中。

西ノ丸の御門外に設けられた定信の役宅は、もう目の前だった。

四

己が人生の幕引きに向け、竜之介が腹を括ったのと同じ頃――。

「あー、ええ心持ちやったわ」

紅灯瞬く通りの賑わいを眼下に臨み、綾麻呂は満足げに呟いた。

下帯まで解いた裸身に引っ掛けているのは、女物の長襦袢。

二階部屋に敷かれた布団には腰巻一枚の遊女がしどけなく横たわり、乳房を露わにしたまま寝息を立てていた。

つい先ほどまで綾麻呂の愛撫と抽送に喘ぎ、手練手管を駆使する余裕も失せて白目を剥いていたとは思えぬ程、あどけない寝顔であった。

「あかん、あかん。見とったらまた揉みたなってくるわ」

綾麻呂は慌てて遊女の胸から目を逸らすと、窓の下に視線を戻した。

手ぬぐいや笠で顔を隠した遊客たちが通りを行き交い、三味の音が絶えず鳴り響く様は華やかそのもの。京の都の島原遊廓に増して賑々しい、倹約令の最中とは思えぬ光景だった。

「流石は華のお江戸やなぁ。豪気なもんや」

綾麻呂は無邪気な声を上げ、眼下の賑わいを飽かず眺める。

風見家の中間たちを打ち倒した後、綾麻呂は吉原に身を潜めていた。

夜のとばりが降りた大川土手を駆け抜け、最初に着いたのは吾妻橋。

江戸が初めての綾麻呂は知らないことだが、正しくは大川橋という。

橋に連なる広小路を道なりに歩いて雷門の前を横切り、田原町の三丁目を抜けた先の大小の寺社が密集する寺町を通り抜け、将軍家の菩提寺である寛永寺の御門前から下谷の広小路に出るつもりだったが考え直し、浅草寺の裏手に拡がる田圃に足を踏み入れた。

竜之介と連れの若い旗本には、綾麻呂が下谷七軒町の秋田藩上屋敷に出入りをする身であることを、既に知られてしまっている。

回り道をしたとはいえ、門前で張り込まれていては厄介だ。

そこでほとぼりを冷ますべく道を変え、吉原を訪れたのである。

江戸市中の地理に不案内な上、元より道に迷いやすい綾麻呂だが、吉原への通い路についてはあらかじめ、伯父の木葉刀庵から教えられていた。

手っ取り早いのは船宿で猪牙を仕立てて大川を遡り、山谷堀から日本堤に出ることらしいが、浅草寺の界隈まで足を運んだついでであれば裏手の田圃を突っ切ればいいとも教わった。

おかげで迷わず日本堤に出て衣紋坂を下り、首尾の松を横目に綾麻呂が辿り着いた吉原は幕府が認めた、御府内で唯一の遊郭だ。今は芝居町の通称で知られる日本橋の人形町通りの界隈から移転したため正しくは新吉原と称される、一つの独立した町となっていた。

四方を塀と溝に囲まれ、唯一の出入り口である大門は黒塗りの冠木門。

大門の左脇には南北の町奉行所から派遣された同心が詰め、配下の小者や岡っ引きも立ち寄る面番所があり、右脇には首代と呼ばれる吉原の若い者が交代で詰める四郎兵衛会所が設けられている。廓で遊女と客の不祥事を密かに始末し、死人が出た時は極刑に処されることも厭わず下手人として名乗り出る首代は、武士といえども帯刀を許されぬ遊廓の治安を預かる、強面に腕っ節を兼ね備えた猛者たちだ。

帯刀が禁じられた廓内では、太刀を佩くことも御法度である。

綾麻呂が竜之介と鎬を削り、風見家の中間たちを返り討ちにするのに用いた太刀も登楼した際に見世の帳場に預けられ、他の客が持ち込んだ刀や脇差と共に、備え付けの刀架に置かれていた。

たとえ鞘の内を検(あらた)められても、綾麻呂の太刀に不審な点は見出せぬことだろう。

竜之介と鎬を削った刀身には細かい傷こそあるものの刃は欠けておらず、諸腕に傷を負わせた時の血脂は鞘に納める際、指の腹で拭い取った。瓜五と文三に浴びせた峰打ちは手の内を抜かりなく締めていたため、刀身には歪みも生じていない。

「お江戸も夜が更けると冷えよるなぁ」

ひとりごちた綾麻呂は障子窓を閉め、布団に戻った。

元より煙草は吸わぬので、座敷の空気は澱(よど)んでいなかった。

元服を済ませた身ながら、綾麻呂は酒も好んで口にしない。

冷えた体を温める必要がある場合は別で、東北から蝦夷地に渡った先頃の道中では一日とて欠かさなかったが、今は欲していなかった。

余分な費(つい)えを玉代(ぎょくだい)に充て、呼んだ遊女は見世の格に照らせば上玉(じょうだま)。帳場に心づけを弾んで廻しをさせないように頼んだため、朝まで買い切りであった。

熟睡している遊女の隣に横たわり、そっと夜着を掛けてやる。

「よう眠ったはるなぁ。抜かずの十発はやりすぎやったかもしれへんわ」

一向に目を覚ましそうにない遊女を横目に、綾麻呂は苦笑い。

存分に精を放ったものの、かつてない昂(たか)ぶりは醒めそうになかった。

それは風見竜之介に唐竹割りの一太刀を真っ向から浴びせんとして、もののの見事に阻まれた瞬間に感じた、破格の喜悦。

「ほんま、堪らんかったなぁ」

その瞬間を思い出し、綾麻呂は嬉々として呟いた。

あとわずかで物打が脳天を捉え、そのまま真っ向を割るところだった。

しかし寸前で綾麻呂は手の内を締め、止めざるを得なかった。

喉元に竜之介の脇差が突きつけられていたからだ。

切っ先の狙いは下から上——喉笛を斜めに刺し貫き、脳まで届く位置であった。

竜之介が脇差を抜いたのは、綾麻呂に刀を両断された直後のこと。

武士が刀と共に脇差を帯びるのは身分の証しにして、有事に備えた差し添えだ。

その備えを竜之介は咄嗟に抜き放ち、綾麻呂の唐竹割りを止めたのだ。

互いの命を握った二人は、迂闊に動けぬ状況に立たされていた。

綾麻呂が太刀の柄を握った手の内一つで、竜之介は脳天から真っ二つ。

その時は綾麻呂も竜之介の脇差で喉笛を貫かれ、共に果てていたであろう。

「竜之介はん、とんだ奥の手を隠しとったなぁ」

竜之介が左手で脇差を抜いたのは、破れかぶれでやったこととは違う。

鍛錬を重ねた末に会得したと一目で分かる、流れるように澱みのない、妙技と呼ぶにふさわしい抜刀ぶりだった。

腰にした刀剣を抜く際には、柄よりも鞘の操作が重要とされる。

柄を取った利き手だけで抜こうとすると上体が前にのめり、敵に隙を見せてしまうことになるからだ。

そこで刀を抜く際は利き手とは反対の手で鞘の鯉口近くを握り、帯に添って大きく引く。そうすることによって速やかに刀身が抜け、鞘の角度を調整することで刃筋の定まった、確実な抜刀が可能となるのだ。

しかし二本差しにした脇差は刀につっかえて鞘を自在に引けぬため、利き手による柄の捌き、いわゆる手の内が物を言う。

それを竜之介は武士にとって利き手ではないはずの、左手でこなして見せたのだ。

「侍は馬手が利き手やのに、まさか弓手でやりよるとはなぁ……」

綾麻呂は興奮が冷めやらぬままに呟いた。

馬手とは右手の、弓手は左手の別の呼び方だ。

馬の手綱を捌く際には右の手、弓を構える際には左の手をそれぞれ用いるが、太刀や刀は馬手、すなわち右手で柄を握り、左手で鞘を引いて抜き放つ。抜き身を両手で振るう場合は右手を上に、左手を下にして柄を握る。

綾麻呂が認識している通り、武士は右利きであることが前提だ。左利きの子は家運を傾けて左前にすると見なされ、幼い内に矯正されて、たとえ生来の利き手であっても容赦なく、封印されるのが武家の習わしであった。

だが、竜之介はいまだ左利き。

正しく言えば左右の手を等しく使える、両利きだったのである。

右手の刀を捨てて脇差を抜き放つまで、綾麻呂にも見抜けなかったことだ。

「ほんま、見事なもんやったわ」

綾麻呂は呟きながら興奮を募らせていた。

脇差を突きつけられた瞬間を思い出すと、昂ぶらずにはいられない。

竜之介は剣術に求められる要素の全てが、高い域に達している。

敵の動きを捉え、刃筋を見切る目付け。

間合いを詰める足の捌き。

優位に立たれても屈さず、冷静に対処する胆の据わり。

迅速にして確実な敵対行動を可能とする、全身の筋力。

以上をまとめて、一眼二足三胆四力と呼ぶ。

刀を得物とする上で必須とされるも、容易に会得できぬことである。

「旗本も御家人も腰抜けばっかりみたいやけど、竜之介はんは違うわ」

竜之介が五百石取りの旗本であることを、綾麻呂は元より承知していた。

立ち合う前に名乗りはしたものの、共に素性は明かしていない。

綾麻呂が竜之介の身の上を知っているのは、いずれ斬らねばならぬ相手として、母の咲夜から聞かされていたがゆえだった。

風見竜之介は当年二十四歳。

二百石取りの旗本の次男坊で、実家は神田の岩本町。

両親は一昨年に相次いで亡くなっており、家督を継いだ兄の清志郎はいまだ無役であるという。

昨年の年明け早々に竜之介が婿入りした風見家は、同じ神田の小川町。

禄高は三百石だが、将軍の身の回りの世話をするのが御役目の小納戸を代々の当主が仰せつかっており、役高の五百石との差である二百石を足高として与えられるため実収は五百石である。

家代々の禄高が御役目ごとに決められた役高に達していなくても、優秀ならば登用される足高の制を定めたのは、名君の誉れも高い八代吉宗公だ。

その恩恵を受けた風見家に竜之介は迎えられ、義理の父親となった先代当主の多門から御役目を引き継ぐと、一年に亘って精勤。去る二月には小納戸と同じ将軍の世話が御役目ながら格の高い、小姓に抜擢されている。御大身(ごたいしん)とは言えないまでも旗本の当主として、世間から殿様と呼ばれるのにふさわしい出世ぶりであった。

何よりも、武術に長(た)けていることが綾麻呂には好ましい。

旗本は格下の御家人と共に、徳川将軍家に仕える直臣(じきしん)だ。

事あらば槍を手にして馬を駆り、兵を率いて戦う立場だが、当節の旗本どもは武術を学ばず、歌舞音曲(かぶおんぎょく)の稽古に入れ込む者ばかりらしい。一昨年から老中首座となって幕政の実権を握った松平越中守定信が盛んに武芸を奨励しているそうだが、幾ら学ばせたところで将軍を護る役には立つまい。

竜之介は綾麻呂と同様、生まれながらに武術の才に恵まれている。

その上で幼い頃から鍛錬に勤(いそ)しみ、業前(わざまえ)を錬(ね)り上げたのだ。

そうでなければ、綾麻呂に敵(かな)うはずがない。

山田長政の旧臣の末裔(まつえい)と自称していた亡き老師、そして伯父の木葉刀庵も泰平の世には稀なる強者だが、竜之介には勝てぬだろう。

「あー、もう一遍、今すぐにでもやり合いたいわ……」

呟く内に、綾麻呂は眠りに落ちた。

夢に見たのは、竜之介の強さを思い知った瞬間の場面だった。

五

夢の中で綾麻呂は現実と同じく、竜之介に真っ向斬りを仕掛けていた。

亡き老師から伝授された竜殺しの技の一つで、刀身を背骨に沿って深く振りかぶるのが特徴だ。首を打たれた咎人（とがにん）の亡骸（なきがら）を土塁（どるい）に積んで両断する様剣術（ためし）――試し斬りの一手と相通じる構えは、分厚い皮に覆われた『竜』を斬るためのものだ。

鍛錬を重ねた綾麻呂の手の内は、深く振りかぶった状態から迅速に斬り下ろすのを可能とする域に達している。

しかし絶対の自信を込めた斬り下ろしは現実と同様、夢でも竜之介に防がれた。

それは実際に綾麻呂が味わった、信じ難くも歓喜に満ちた体験だった。


「……その技は、何や」

頭上の太刀を止めたまま、綾麻呂は改めて竜之介の顔を見た。

柔和な顔立ちに、つぶらな瞳。

今年で二十四歳とは思えぬ童顔で、身の丈(たけ)も並より低い。

綾麻呂と同じ、五尺に届かぬ身の丈だ。

それでいて、共に技量は互角(ごかく)。

今し方まで、そう思っていた。

だが、竜之介は思わぬ隠し技を持っていた。

「竜尾斬(りゅうびざん)」

技名を答える声は冷静だった。

「りゅうびざん？」

どのような字で書くのだろうか。

「竜が尾で斬る。刺しもする」

「………」

「おぬしの剣は竜殺し。左様に申しておったな」

「せや」

「その技に自信を持ちすぎたが、おぬしの不覚ぞ。左様に心得置くがいい」

静かに告げる竜之介が、小柄な体に纏っていたのは半裃(はんがみしも)。

熨斗目の着物に肩衣を重ね、半袴を穿いた一式は公儀の御役目に就いた旗本が出仕する際の装束だ。

千代田の御城の中奥に泊まりの当番が明けた竜之介は小川町の屋敷に戻らず、執務用の装いのままで綾麻呂の行方を追っていたらしい。

この堅苦しい装束で竜之介は綾麻呂と刃を交え、左腕を裂かれた他は浅手を負ったのみで凌ぎきり、形勢を見事に逆転させたのだ。

邪魔な肩衣を外していたとはいえ、容易になし得ることではない。

「流石やな風見はん。せやけど、なんで寸止めにしよったんや」

綾麻呂は興奮を抑えつつ、努めて静かに問いかけた。

「おぬしこそ、なぜ斬らぬ」

問い返す竜之介の声は、変わらず冷静だった。

「お前はんを斬ってもうたら、わても死んでまうやろ」

「左様だな」

「そない勿体ないこと、ようせんわ」

抑えようとしながらも、綾麻呂の声には興奮が滲み出ていた。

「惜しいのか、命が」

「惜しいに決まっとるやろ」

「さもあろう。おぬしはまだ若いゆえな」

「違うわ、あほ」

落ち着いて答えるばかりの竜之介に、綾麻呂は焦れた勢いで言い放った。

「惜しい言うとるんは、お前はんの命や」

「それがしの？」

「こないに手の合う奴、他には居らへんもん」

「買い被るでない」

子供じみた物言いをされ、竜之介は苦笑交じりに答える。

「ほんまや。鉄の草鞋で探しても、よう見つからんわ」

綾麻呂は向きになって言い募った。

「言葉の遣い方が違うぞ。それは年上の出来たおなごを女房にする時に言うことだ」

竜之介は童顔を綻ばせた。

ただでさえ剣の手練とは思えぬ竜之介だが、微笑むとさらに幼く見える。

強者らしい外見をしていないのは、綾麻呂も同じであった。

長く伸ばした黒髪は結わずに束ね、水干の背中に垂らしている。

官位にかかわらず公家が用いる装束を纏った体は、細身で小柄。当年取って十七と若いだけにまだ伸びる余地はあるものの、今は竜之介とほぼ同じ。

並より小柄な綾麻呂だが放つ気迫は凄まじく、六尺豊かな大男をも打ちのめす。綾麻呂と刃を交えた相手は技の優劣のみならず、気力で負けるのが常であった。気を呑まれるのは獣も同様で、先頃まで滞在していた蝦夷地では狼ばかりか熊まで斬り伏せてきた綾麻呂だ。

しかし、竜之介は全く動じない。綾麻呂と同等の、あるいはそれ以上の鍛錬を積むことによって体のみならず、心も鍛え上げてきたに違いあるまい。

やはり、この男は強者なのだ。

命と引き換えにしなければ、倒すことは無理だろう――。

「ひとまず退(ひ)かぬか、綾麻呂」

「せやな」

綾麻呂は微笑み交じりに答えると、竜之介の頭上で止めた太刀から左手を離す。

水干の左腰に吊られた鞘を取り、反りを返した。

鯉口に入った切っ先に続き、刀身全体が鞘に納められていく。

綾麻呂が納刀する様を、竜之介は無言で見守る。

脇差の切っ先は依然として、綾麻呂の喉元に突きつけられたままである。

太刀を納める邪魔にならないように少々離れはしたものの、いつでも貫けるだけの間合いを保っている。

竜之介の用心深さを綾麻呂は不快に思うどころか、むしろ喜んでいた。

相手の隙を衝くことは、命の取り合いにおいて恥ではない。

慢心し、警戒を解くのが悪いのだ。

だが竜之介は腕が立つ上、全く隙を見せずにいる。

やはり容易に倒せぬ相手なのだと、綾麻呂は喜びと共に実感した。

年上とは思えぬ顔立ちの竜之介だが、これ程までに兵法者として鍛えられた手練を綾麻呂は他に知らない。

風見竜之介は、綾麻呂が生まれて初めて出会った好敵手。

掛け値なしに強い相手と戦うのは、人間では竜之介が初めての綾麻呂だ。

相討ちで果ててしまっては勿体なさすぎる。

これ程の手練を死なせるのなら、自分は生き延びなくてはならない。

その死に謝して命を糧にし、更に強くならねば申し訳が立つまい。

綾麻呂は驕ることなく、真剣に、そうすべきだと確信していた。

「行くで」

竜之介に一声告げて、走り出す。

現実では暗がりだったはずの大川土手に、明るい光が差していた。


「竜之介はん……逃がさへんでぇ……」

「いやでありんすねぇ、殿方の名前ばっかり呼んで」

寝言を繰り返す綾麻呂を、目覚めた遊女が怪訝そうに見つめている。綾麻呂との激しい房事で化粧が落ち、素朴な目鼻立ちが露わになっていた。

「まぁいいか。おかげで廻しを取らずに済んだし、遠慮なく骨休めさせて貰うよ」

廓言葉を用いることなく微笑むと、遊女は綾麻呂に抱き着いた。

身の丈は遊女のほうが少し高く、小柄な体はすっぽりと腕の中に収まった。

「お大事さんは大した暴れん坊だけど、こうしてると可愛いもんだねぇ……」

目覚めぬ美男子を抱き枕にして、まどろむ遊女の顔は夢見心地。

「竜之介はん……」

「やだ、まだ呼んでる」

「お前はんは……ほんま大した男はんや……」

「ふふ、よっぽど惚れちまってるらしいねえ……」

再び眠りに落ちていく遊女に抱かれ、綾麻呂も仲良く笑みを浮かべていた。

六

松平越中守定信は一昨年に老中首座となって以来、千代田の御城の西ノ丸下に拝領した屋敷で暮らしている。八丁堀に構える白河藩の上屋敷には先代藩主で義父の定邦を住まわせ、中風を病んで不自由になった体の療養をさせていた。

大名は公儀の役職に就くと参勤交代を免除され、国許と行き来をすることなく江戸に留まって御役目に専念するが、役職に伴う官舎として役宅まで与えられるわけではない。老中首座といえども同じことだ。

定信の破格の待遇は、将軍家の血筋であればこそ。

他の老中より千代田の御城に近い地で起き伏しする身でありながら、定信は早寝を常としている。己に厳しく、万事を節制するのは田安徳川家の御曹司だった頃からのことだが、老中首座として幕政改革を始めてからは全ての武士に範を示すことを目的とする、厳として揺るがぬ習慣となっていた。

その早寝の邪魔をされたとあっては、機嫌を悪くするのも無理はあるまい。

それにしても、定信の態度は露骨に過ぎた。

「無礼が過ぎるぞ、おぬしたち」

次郎吉と竜之介を前に座らせ、定信は角張った顔を歪めていた。

老中首座に就任した三十歳の時に描かせた肖像画の柔和さが失せ、平家蟹の甲羅を彷彿とさせる顔つきになったのは老中首座としての激務のせいだが、平伏した二人に向けた表情は、常にも増して厳めしい。

少年の頃から側近くに仕える水野左内為長に火急の知らせと取り次がれ、やむなく屋敷の奥の私室に通したものの、不快な心情がありありと見て取れる。夜更けの来訪を咎めた口調にも増して、竜之介を見やる視線は冷たいものだった。

「面を上げよ」

不機嫌極まりない表情をそのままに、定信は命じた。

神妙に上体を起こした二人と対面し、まず竜之介に問いかける。

「して風見、何故にそのほうまで参ったのだ」

「拙者が召し連れ申しました」

「黙りおれ。おぬしには訊いておらぬ」

庇うように口を挟んだ次郎吉を黙らせ、定信は竜之介を睨みつけた。

「答えよ、風見」

「……ご無礼の段、平にお詫び申し上げまする」

「詫びは要らぬ。用向きを申せ」

「上様より授かりし御刀のことで、罷り越した次第にございまする」

「あの光忠の作を、何としたのだ」

「………」

「はきと申せ、風見っ」

「……手練を相手に不覚を取り、半ばから断たれ申しました」

「拝領刀を折られただと？」

「面目次第もございませぬ」

「そのほうには何も命じておらぬはずだが……」

定信は唖然としながらも問い返した。

表向きは一小姓の竜之介が、影の御用でなければ刀を抜くことはない。そう考えての問いかけであった。

「御用には非ず、私の闘争に用いた上の落ち度にございまする」

「たわけっ」

定信の怒号が夜更けの一室に響き渡った。

竜之介は定信にとって、元より目障り極まりない存在だった。

そもそも小姓が気に食わぬのである。

主君の側近くに仕える小姓は将軍家に限らず、大名の家中においても更なる出世の足掛かりとなる役職だが、定信は男芸者のようなものとしか見なしていない。

男色が一般的だった時代には主君の夜伽も小姓の御役目の一つとされ、将軍家では三代家光公が乳母の春日局の手を焼かせた話が伝わっているが、家斉は少年の頃から女色に興味津々で、将軍職に就いた十五の時から大奥に通いつめ、この春には第一子の淑姫が誕生。十七の若さで一児の父となっていた。

色事に劣らず好む剣術の稽古と打毬を好む家斉は、そちらの相手をさせるのにうってつけの竜之介が大のお気に入り。小姓としては先輩の水野忠成に劣らず贔屓にしており、格下の小納戸から抜擢されたのも家斉の希望があってのことだった。

その家斉が授けた、古の名刀を損ねるとは何事か。

「み、見せてみよ」

思わず声を震わせながら定信は言った。

次郎吉が無言で手を伸ばし、持参の風呂敷包みを解く。

黒鞘に納められた御刀を捧げ持ち、定信に手渡す。

命じられた通り、一言も発しはしない。

定信は受け取った御刀を頭より高く掲げた上で、恐る恐る鞘から抜いた。

「！」

厳めしい顔がたちまち青ざめる。

「こちらが断たれし本身にございまする」

その膝元に、次郎吉が懐から取り出した袱紗を広げる。

謹んで横たえられたのは、綾麻呂に両断された刀身の上半分。

定信の傍らに置かれた燭台の光を受け、蛙子丁子（かわずこちょうじ）交じりの刃文が煌めく。

「な……な……」

定信は言葉を上手く紡（つむ）げずに、わななくばかり。

余りの衝撃と怒りに、怒号を浴びせることもままならずにいる。

顔色は青いのを通り越し、半ば白くなっていた。

「………」

竜之介は無言で頭を下げている。

この命も今宵限りと、改めて覚悟を決めていた。

七

「な、何故に御刀を抜いたのだ？」

取り落としそうになった御刀を鞘に納め、定信はようやっと口を開いた。

「師匠の意趣返しにございまする」

竜之介は臆することなく答えた。

「そのほうの師と申さば、柳生但馬守か」

「柳生様のご門下から離れし後にご指南をお願い申し上げた、伊賀組の平山行蔵先生にございまする」

「い、伊賀組同心の倅のために、こうなったと申すのか」

「ははっ」

「………」

毅然とした答えを返され、定信は絶句した。

しばしの間を置き、次郎吉を見やる。

「……御刀を折られしところを見届けたのは、おぬし一人か」

「拙者と配下だけにございまする、越中守様」

「服部半蔵が家中の者どもならば、みだりに口外は致すまいな？」

「ははっ。桑名の父にも明かしては相成らぬと、口止めをしてありまする」

「左様か」

定信は頼もしそうに次郎吉を見返した。

かの服部半蔵正成の亡き後に配下の伊賀者に反抗されて面目を潰し、将軍の直臣としての立場を失った服部家は桑名藩主の久松松平家に召し抱えられ、寛政の今日まで家名を存続させてきた。その松平家の分家を継いだ定信のことも、裏切りはすまい。

醜聞が発覚する恐れはないと安堵したためか、定信の血色は元に戻っている。

しかし、竜之介に戻した視線は冷たさを増していた。

「風見、身の処し方は心得ておるな」

「ははっ」

竜之介は臆した様子を見せることなく定信に答えた。

「取り急ぎ支度を調えさせるゆえ、身共が直々に見届けてつかわそう」

「かたじけのう存じ上げまする」

竜之介は異を唱えることなく頭を下げた。このまま帰宅することなく腹を切れと暗に言われたのを、了承してのことである。

謹厳に平伏している竜之介を見返す、定信の視線はいまだ冷たい。

この竜之介は定信がいまだ憎んで止まぬ、田沼意次の甥に当たる。

死に至らしめても、何ら心が痛むことはない。

斬首に処さず、切腹によって自裁させるのが、せめてもの情けというものだ――。

「左内……」

定信は声を上げ、側近の為長を呼ぼうとした。

「お待ちくだされ」

そこに次郎吉が再び口を挟んだ。

「何用だ、黙りおれと命じたはずぞ」

「恐れながら、風見を死なせてしもうては元も子もありませぬ」

「黙りおれ。要らぬ情けは命取りになると知れ」

「お心得違いをなされますな。これは利あってのことにございまする」

「黙らぬか。上様より御拝領の御刀を損ねたことの何が利だ?」

「お聞きくだされ」

次郎吉は定信を諫めると、続けて語りかけた。

「こたびの風見が落ち度は、越中守様が拙者に探索をお命じになられました佐竹様のご家中に異変が起きておることの動かぬ証拠、手証となるがゆえにございまする」

「それは一体、どういうことだ」

定信が戸惑った声を上げ、次郎吉を見返した。

覚悟を決めて平伏している竜之介のことは、もはや一顧だにしていない。

「されば申し上げまする」

次郎吉は澱みなく語り始めた。

「御刀を損ねし綾麻呂なる不届き者は、佐竹様がご不在の秋田藩の江戸屋敷に出入りを許されおる身にござる。名乗りに違わず公家と思われまするが若年にて教養も豊かであるとは見受けられず、佐竹様が客分として遇するに値せぬ者かと存じまする」

「……続けよ」

定信は先を促した。

「ははっ」

落ち着きを取り戻した定信に首肯し、次郎吉は続けて語った。

「風見と互角に渡り合うた手練ぶりから察しまするに、綾麻呂は江戸留守居役の平沢常富が雇うたか、ゆえあって合力しておる剣客かと」

「真か」

「図らずも風見が誘い出してくれたおかげで、尋常ならざる腕の程を推し量ることが叶い申しました。綾麻呂こそ七夕の夜、小島藩の江戸屋敷から恋川春町こと倉橋寿平を拐かせし曲者にございまする」

「拐かしたとは、どういうことだ……」

寝耳に水といった態で、定信は次郎吉に問い返した。

「あの春町、いや倉橋がそやつに連れ去られ、生きておると申すのか⁉」

「左様にございまする」

「何と……」

思わぬ話の成り行きに、定信は絶句した。

駿河小島藩は滝脇松平家を当主とする、一万石の小藩である。

小島藩士の倉橋寿平は恋川春町の筆名で戯作に手を染め、得意の絵に詞書と称する軽妙な文章を組み合わせた、黄表紙という分野を確立した人物である。田沼意次が御政道の実権を握っていた天明の世には寿平に限らず、士分でありながら画芸や文芸で名を成す人物が多かったのだ。

春町こと寿平は藩士としても出世を重ね、筆名の元になったとされる小石川の春日町にある小島藩上屋敷で家老に当たる年寄の職を務める一方、押しも押されぬ人気者として世間からもてはやされたが、それは田沼時代の享楽的な風潮を改め、道徳的な社会の実現を目指す定信にとって、好ましいことではなかった。

定信はいまだ人気が続く春町こと寿平に筆を折らせるべく、幕政の改革を茶化した作品が暮れに出版されたのを理由として、かねてより呼び出しをかけていた。しかし寿平は再三の勧告に応じることなく四月に隠居の届けを出し、春日町の上屋敷内に留まったまま七月七日に切腹。行年四十六の早すぎる死を世間は惜しみ、遺作となった黄表紙は市中の書肆で売り切れが続出していた。

その寿平が実は生きていたと言われては、定信が驚愕するのも無理はない。

次郎吉の話は続いていた。

「越中守様もご存じの通り、倉橋は七夕の夜に自裁したことになっておりまするが念のため、それがしは春日町の江戸屋敷に探りを入れた上で墓所を検めました。すると埋められておったのは似ても似つかぬ大男。しかも腹を切った様子はなく、一太刀の下に猪首を断たれておりました」

「その大男が、倉橋の替え玉だったと申すか」

「替え玉に致すのならば、姿形の似た者を用意したはずでございまする。されど抱き首にして葬られし亡骸が寿平と同じなのは、五十絡みということのみ……察しまするに屋敷内で出てしもうた亡骸の始末に困り、倉橋を死んだと装うついでに埋めたと存じまする。寿平が拐かされた事実の発覚を恐れた家中の要職の者たちの差し金と思われまするが、墓まで掘り返されるとは考えが及ばなんだのでございましょう」

「詰めの甘いことだ。そやつらの浅知恵が裏目に出たわけか」

いつもの冷静さを取り戻した様子で、定信が呟いた。

「窮余の一策とは往々にして、お粗末なものにございまする」

「して次郎吉、倉橋は何処に居ると判ずるか」

「いまだ確証は摑めませぬが、秋田藩の江戸屋敷かと」

「とすれば、手引きをしたのは留守居役の平沢だな?」

定信は勢い込んで話に食いつく。

「ご明察にございまする」

意を得たりとばかりに、次郎吉は答えた。

「寿平との繫がりから察するに、間違いありますまい」

「またの名を朋誠堂喜三二か。大した食わせ者だの」

定信が呟いたのは、秋田藩上屋敷で江戸留守居役を務める平沢常富の戯作者としての筆名。大名家の重臣という立場を同じくする寿平とは仲が良く、寿平の絵に常富の詞書を組み合わせた黄表紙も数多い。定信の武芸奨励を茶化した寿平の『鸚鵡返文武二道』は、常富の作品の続編として書かれたものだ。

「成る程のう。平沢が手引きをし、匿うたとすれば辻褄も合う……」

定信は合点した様子でひとりごちる。

それを見届けた次郎吉は、平伏したままの竜之介を横目に言った。

「越中守様、こたびの風見が落ち度は怪我の功名とお考えくだされ」

「怪我の功名だと？」

「ご覧の通り、風見は綾麻呂に手傷を負わされておりまする。恐れ多くも上様より影の御用を仰せつかりし風見をこれ程までに追い込んだ手練でなくば、かの光忠が鍛え上げし一振りを両断するのは至難の業。一太刀で大男の猪首を断ったのも、綾麻呂の仕業に相違ありませぬ」

「倉橋の墓に埋められておった亡骸の傷を検めた上で、左様に申しておるのだな？」

「いずれも刃筋の立った、尋常ならざる手の内によるものでございました。将軍家が御秘蔵の大業物の切れ味を試す御様御用を仰せつかりし山田一門と申せど、同じことができる者は幾人も居りますまい」

「ゆえに手証ということか。風見の落ち度が、のう……」

「されば情状酌量の上、よしなにお取り計らい頂きたく願い上げまする」

口を閉ざした定信を前にして、次郎吉は深々と頭を下げた。

「これ風見、おぬしからも越中守様にお願い申し上げぬか」

次郎吉は平伏したまま、傍らの竜之介を急き立てた。

「お、お願い致しまする」

竜之介は戸惑いながらも、促されるままに言上した。

対する定信は複雑な表情だった。変わらず厳めしい顔ではあるが、竜之介に切腹を命じた時の鬼気迫る雰囲気は失せ、冷静に思案を巡らせている様子であった。

「……おぬしたち、面を上げよ」

定信が二人に向かって呼びかけた。

次郎吉と竜之介が上体を起こすのを待ち、順繰りに表情を見極める。

二人は神妙な面持ちで、定信が次なる言葉を発するのを待っていた。

「……風見の落ち度を手証と申した次郎吉が口上、こたびに限り認めてつかわそう」

「かたじけのう存じ上げまする、越中守様」

「……」

すかさず礼を述べた次郎吉をよそに、竜之介は唖然としている。

「思い上がるでないぞ、風見」

定信はじろりと竜之介を見返した。

「これはそのほうに対する情けに非ず。身共が上様より預かりし天下の御政道に必要あってのことだ。沙汰があるまで出仕を禁ずるゆえ、早々に帰宅致せ」

「……心得申しまする」

竜之介は定信に重ねて頭を下げた。

覚悟の死から唐突に解放されるも、訳が分からぬままであった。

八

それから間もなく、竜之介は西ノ丸下の屋敷を後にした。

次郎吉も一緒である。神田小川町の風見家の屋敷に帰るまで見届けるように、定信が命じたのだ。

「礼を申すには及ばぬぞ、風見」

次郎吉が口を開いたのは屋敷の門前から遠ざかり、御濠端に出た後のことだった。

「越中守様も仰せの通り、これは秋田藩に絡んだ別件を解決する上でおぬしの落ち度が役に立ったがゆえに過ぎぬ。綾麻呂に断たれし御刀を動かぬ手証と致さば平沢に口を割らせ、ひいては佐竹様を動かすことができると判じられ、見逃してくださっただけの話だ。さもなくば気前よう、替え玉の一振りまで下さるはずがあるまいぞ」

歩きながら語る言葉を盗み聞く者は、誰もいない。

もうすぐ時刻は夜四つとなり、町境の木戸が閉じられる頃であった。いまだ長い日も疾うに沈み、七月の半ばを過ぎた江戸の夜は暗い。

黙って耳を傾ける竜之介が長羽織の下に帯びた刀は拵こそ元のままだが、鞘の内の刀身は別物に取り替えられていた。

両断された光忠の代わりに定信が寄越した、末備前の刀である。

戦国乱世の数打ちながら光忠が得意とした蛙子丁子の刃文まで見受けられ、刀剣を見る目の肥えた玄人でなければ見抜けぬ程に出来が良い。

元より磨り上げではなく最初から刀として鍛えられたものだが、全体の姿や反りもそっくりで、後家鞘にぴたりと合う。綾麻呂に両断された御刀の替え玉として誂えられたかのごとき一振りであった。

「その末備前は今宵から光忠となったのだ。左様に肝に銘じておくのだぞ」

次郎吉から念を押され、竜之介は無言で頷き返した。

「ともあれ幸いだったな、風見」

「かたじけない、次郎吉殿」

「いい加減に致せ。礼は要らぬとあらかじめ言うたであろう」

次郎吉は苦笑交じりで竜之介に答えた。

「心得違いをされては困るが、拙者は越中守様のご家中ではない。生まれし家は伊勢桑名の松平様、婿に入りし家は遠州掛川の太田様にそれぞれお仕えしておるが、越中守様が治めておられる陸奥白河の地とは元より無縁。それに我が服部家が代々仕えし桑名の松平様は同じ久松松平でも本家。白河の分家を継がれただけの越中守様に合力つかまつるのは、あのお方が老中首座のみならず将軍補佐にまで任じられたがゆえのこと……桑名の殿が我が父に命じて拙者を江戸に差し向けられたのは、越中守様に大任を全うし、天下の安寧を保って頂きたいと切に願っておられるがゆえなのだ」

「そのために、それがしを救うてくれたと申すのか」

「そういうことだ。おぬしでなくば、綾麻呂には太刀打ちできまい」

「……どうあってもいま一度、あやつと戦わねばならぬのか」

「臆すでないぞ、風見」

次郎吉は竜之介を叱咤した。

「綾麻呂が春町を連れ去ったのは戯作者仲間であった常富が一存で申しつけたことに非ず、佐竹様のご家中ぐるみと拙者は睨んでおる。越中守様も既にお察しのはずだ」

「佐竹様と申さば大名諸侯でも屈指の名門ぞ。何のために左様な真似を」

「しかとは分からぬが、共に拐かされた顔ぶれが気に懸かる。春町の他に二人が連れ去られたらしいのは、おぬしも調べがついておるだろう」

「そのことは存じておるが顔ぶれまでは分かっておらぬ。平山の家人の方々も知らぬ顔だと申しておられた」

「ならば聞いて驚くがよい。御徒の太田南畝こと直次郎、そして小普請組の植崎九八郎だ」

「それは真か、次郎吉殿?」

太田直次郎は南畝の筆名で世間に知られた、人気の狂歌師。

植崎九八郎は幕府に上書を提出し、卓見を評価された論客。

いずれも軽輩の御家人ながら、江戸で知らぬ者のいない有名人である。

「昼間に平山行蔵と一緒に居るのを見かけたと配下から知らせがあってな、それぞれ屋敷を調べたところ昨夜は帰っていなかった。太田はかれこれ十日近くも家を空(あ)けておったが堅物の植崎までもが外泊に及び、時を同じくして行方知れずになるとは妙なことと思わぬか」

「拐かされたと申すのが真ならば、何らかの利を狙うてのことであろう……狙われたのは、あやつらの才覚か」

「拙者も同感だ。春町も含め、得難(えがた)き才の持ち主であるゆえな」

「したが太田はともかく、植崎は金主(きんしゅ)とは無縁の清貧(せいひん)の士だ。拐かしたところで身代(みのしろ)など得られぬぞ」

「狙いは金ではあるまい。佐竹様のご内証が苦しいのは周知のことなれど、拐かしで藩庫を潤わせるなど愚の骨頂(こっちょう)。陪臣の春町ばかりか御直参を二人も連れ去ったと露見致さば、お取り潰しは必定。如何に佐竹様が名門であろうと許されまい」

「何のために、そこまで大それたことを致すのだろうか」

「その謎を解き明かすため、おぬしには綾麻呂を捕らえて貰いたいのだ」

「生け捕りにせよと申すのか？」

「斬るより至難(しなん)であることは承知の上だ。したが越中守様が常富を問い詰め、綾麻呂に両断されし御刀を突きつけられても口を割らなんだ時は、新たな手証としてあやつの身柄が物を言う」

「おぬしも越中守様も、先々まで打つ手を考えておるのだな」

「さもなくば御政道を担うことは務まらぬ。拙者はそのための手先に過ぎぬが、な」

「……………」

「綾麻呂は再びおぬしに挑んで参るだろう。その機を逃すな、風見」

黙り込んだ竜之介に、次郎吉は続けて言った。

「あやつの素性は拙者が調べ上げておく。その傷を癒しながら、知らせを待て」

「……綾麻呂の素性ならば、心当たりがあるぞ」

「真か、風見」

「それを確かめたい。寄り道をしても構わぬか」

「何処へ参ると申すのだ」

「兄の屋敷だ」

「田沼清志郎の、か?」

「同じ神田の岩本町だ。済まぬが表で待っていて貰おう」

「その体で無理を致すでない。遅い時分なれば、先方にも迷惑であろう」

「風見の家に帰ればそれがしは謹慎の身。日を改めてというわけには参るまい」

「ううむ、それはそうだが」

「急がねば益々遅うなる。参るぞ、次郎吉殿」

戸惑う次郎吉に告げるなり、竜之介は前に出た。

西ノ丸下に連行された時と違って、今の竜之介は自由の身だ。

だが定信が望む役割を果たさねば、この自由も失うこととなる。老中首座の強権を以てすれば、今度こそ詰め腹を切らされかねない。

綾麻呂と対決し、捕らえる役目から竜之介は逃れられない。

その時が訪れる前に、はっきりさせておかねばならぬことがあるのだ——。

九

二人が神田の町人地を抜けたのは、木戸が閉じられる寸前だった。

武家地に入れば辻番の目こそ光っているが、いちいち足止めをされる恐れはない。

長羽織を次郎吉に返した竜之介は、勝手知ったる屋敷に訪い(おとない)を入れた。

「篠田(しのだ)、私だ」

「竜之介様？」

すかさず潜り戸を開けたのは、若い足軽の篠田。

日頃から門番を中間任せにせず、不寝番も進んで務める忠義者だ。

「今宵も不寝番か。大儀であるな」

「いつものことです。お気遣いはご無用に」

夜更けの訪問に嫌な顔もせず、快活に答える篠田は、あるじの弟にして武術の手練の竜之介のことを日頃から敬愛している。自身も柔術に励んで腕を磨き、元となった小具足の名残として伝えられる打撃技を、とりわけ得意としていた。

しかし忠義者の熱血漢も、眠気には勝てぬらしい。長羽織を脱いで露わにした半袴の惨状に、いまだ気づいてはいなかった。

「竜之介様、そのお形は何となされましたか!?」

篠田が驚いた声を上げたのは、玄関で草履を脱いだ竜之介に濯ぎを使わせようと水を汲んできた時のことだった。

「ゆえあって刃を交えたが命は拾うた。案ずるには及ばぬぞ」

水を汲んだ盥を取り落としかけたのを支えてやり、竜之介は微笑んだ。

実のところは笑顔を作るだけでも一苦労。次郎吉に指摘された通り、今になって重い疲労が小柄な五体にのしかかっていた——。

「うっ」

廊下の角を曲がった途端、竜之介はよろめいた。不覚にも声まで上げていた。

平素は起こり得ぬことである。

四百坪の旗本屋敷は奥右筆（おくゆうひつ）だった亡き父が将軍家から拝領し、兄の清志郎が家督と共に受け継いだ。竜之介にとっては婿に行くまで暮らした実家であり、間取りは体が覚えている。暗がりの中でも足を取られたことはかつてなかった。

「何となされましたのか、竜之介様」

父の代から仕える用人の亀石（かめいし）が、手燭（てしょく）と共に鋭い視線を向けてくる。

「大事ない。ちと疲れておるだけだ」

竜之介は何とか踏みとどまると、苦笑と共に言い繕う。

原因は自覚していた。

まるで歩き始めの子供のように転びかけたのは、綾麻呂との真剣勝負の反動だ。

幼子が何もない所で転んでしまうのは身長の割に頭が大きく、重心が上手く取れぬからだが、竜之介がよろめいたのは強敵の綾麻呂と刃を交え、かつてない負担を心身に強（し）いられたがゆえのことだった。

剛剣を凌ぎきれずに受けた傷は浅手で済んだが、五体にのしかかる疲労は時を追うほどに増すばかり。幼い頃から武術の修行を重ねて技を磨き、泰平の世の武士には稀なる手練となった竜之介にはあり得ぬことだ。

竜之介を生まれた時から知っている亀石は、さぞ不審に思ったことだろう。

「ご免」

厳めしい表情もそのままに、亀石が竜之介に歩み寄った。

近間に立つなり、額に手を当ててくる。

「亀石、何をしおるか？」

「ちとご無礼をつかまつり、お熱を測らせていただいておりまする」

「俺は子供ではないぞ。今年で二十四になるのを忘れたか」

予期せぬ反応に戸惑いながらも、竜之介は文句を言った。

「まだまだお若うございまする。それがしはご先代様のおかげで一命を拾い、五十も半ばを過ぎ申した」

亀石は慇懃に答えながらも、竜之介の額に当てた手のひらを離さない。剣術の稽古といえば木刀を用いるのが専らだった享保以前の生まれだけに、分厚い手のひらに拵えた胼胝も年季が入っていた。

「恩義に感じてくれるは幸いなれど、子供扱いは止めてくれ」

「お育て申し上げたお子は傅役にとりまして、何物にも換えがたき宝。たとえお幾つになられましょうとも、可愛いままでございますれば……」

ぎょろりとした目を細めると、亀石は額から手を離した。

精悍な眼差しこそ若い頃のままだが、ここ数年で白髪がめっきり増えた。奥右筆を罷免された父が一昨年に亡くなり、跡を継いだ清志郎がいまだ無役の田沼家を用人として支える苦労が、口にせずとも察せられた。

「お熱はござらぬようですな、竜之介様」

「おぬしが測る前に下がったのだ。さ、急ぎ参るぞ」

「兄上は起きておられるとのことだが、竜之介は再び歩き出す。義姉上もご一緒か？」

亀石に苦笑を返し、竜之介は再び歩き出す。

「いいえ、先にお休みになられました」

「されば、子供らも起きてはおらぬな」

「お孝様と仁様は元より、忠様も既にお休みにございまする」

「ならば良い。今宵は相手をしてやる余力がないのでな」

「医者は呼ばずとも宜しゅうございまするか」

「熱はなかったはずぞ、亀石」

「されど、先ほどから血が臭うておりますれば」

「……気づいておったのか、おぬし」

竜之介は恥じた面持ちとなった。夜目にも裂けていることが明らかな肩衣を口止めした篠田に預け、熨斗目の袖口に滲んだ血が目立たぬように後ろ手にしていたものの、既に気づかれていたらしい。

「何も恥ずかしいことはございませぬぞ、竜之介様」

亀石は破顔一笑すると、改めて竜之介に身を寄せてきた。

微笑みながらも目を光らせ、廊下に置いた手燭の明かりの下で傷口を検める。

「左のお腕の傷はちと深うござるが、他は浅手のようでございますな」

「倉田に手当てをして貰うたゆえ、大事はない」

「それを伺うて安心つかまつりました」

亀石は手燭を取り、竜之介の先に立って歩き出す。

白髪が目立つ歳ながら、亀石の動きはきびきびしている。

問わず語りに呟く言葉を聞けば、それもそのはずであった。

「竜之介様のお年の頃のそれがしは御家人の倅とは名ばかりの無頼者。斬った張ったの毎日でございました」

「そういえば、おぬしの腹には大きな傷があったな」

「お気づきにございましたか、竜之介様」

「切腹をし損ねた跡と思うたゆえ、見て見ぬ振りをしておったのだ」

「左様に殊勝な謂れなどありませぬ。吉原の首代どもを相手に不覚を取り、匕首で抉られたもので……。そこをお助けくださったのが、主殿頭様のお忍びのお供でご登楼しておられた、ご先代様でございました」

「それで父上と知り合うたのか？」

その話は竜之介も初耳だった。

「おかげさまで一命を拾うたのでございまする」

亀石は懐かしそうに微笑んだ。

「ご先代様が首代を押さえ込み、主殿頭様が四郎兵衛会所の顔役に話をつけてくださらねば簀巻きにされ、大川の藻屑となっていたことでございましょう。いまだご恩をお返しするには至らず、田沼のご本家に足を向けて寝られぬ次第にございまする」

「おぬしが当家に仕える前に、左様なことがあったとはな……」

「竜之介様、傷は痛みませぬか」

「おぬしの古傷ほどではない。ゆえあってのことなれば子細は問うてくれるな」

「心得申しました」

口を閉ざした亀石は、粛々と廊下を渡りゆく。

竜之介は無言で後に続きつつ、そっと左腕の傷を撫でた。

十

「何としたのだ、竜之介？」

目を向けた途端、清志郎の端整な細面（ほそおもて）が強張（こわば）った。

家督は継いでも御役に就けぬ日々の続く中、苦しい家計を補うために始めた写本の仕事をこなすべく、夜なべで筆を執っていた最中のことだった。

行燈（あんどん）の淡い光が照らす先の、障子が開け放たれている。

「火急の用向きにて参りました。夜分にご無礼をつかまつりまする」

敷居際に膝を揃えた竜之介は、いつもながらの童顔でつぶらな瞳。

身の丈も並より低く、元服したての少年と大して変わらぬほど小柄であった。

清志郎とは全く似ていないが、同じ親から生まれた八歳下の弟だ。

眉目秀麗な清志郎は父親似。竜之介の親しみやすい顔立ちは母親譲りである。

兄弟の両親は一昨年、清志郎が三十の年に続けて亡くなっている。二百石の家督と神田岩本町の屋敷は既に妻子を持っていた長男の清志郎が受け継ぎ、次男坊の竜之介は同じ神田の小川町で小納戸を代々務める風見家の一人娘に見染められた。

竜之介を婿に迎えた弓香はかつて風見の鬼姫と恐れられた女剣客だが、夫婦の仲は新婚の頃から変わらず睦まじい。去る大晦日に弓香が長男の虎和を産んで家の跡継ぎを作る務めを果たし、風見家と竜之介の先行きは安泰だった。

いつも快活で勤勉な弟には風見家の人々のみならず、清志郎の奥方と三人の子供も好感を抱いて止まずにいる。

元より清志郎との兄弟仲も良く、夜更けに訪ねて来られたところで迷惑であるとは思わなかったが、今宵の竜之介は平素と明らかに様子が違った。

「斯様な形にて申し訳ありませぬ」

文机越しに対面した竜之介は、半袴を穿いていながら肩衣を着けていない。

熨斗目の袖は裂け目だらけで、血の滲んだ痕まで見て取れる。夜道でなければ人目に立ち、町境の木戸の番人から不審に思われたことであろう。

「おぬし、まさか斬り合いに及んだのか」

「ゆえあってのことにございまする」

「……」

淡々と答える竜之介を前にして、清志郎は絶句した。

事の是非を問うより先に、弟がこれ程までに追い込まれたのが信じ難い。

竜之介は泰平の世には稀なる、武術の手練である。

武士に必須の心得とされる弓馬刀槍にとどまらず柔術に砲術、水練などを含めた武芸十八般を形だけではなく、人を倒す技として——有り体に言えば命を奪うことが可能な戦技として学び、修めている。

修行半ばだった十代の頃には生傷も絶えなかったが、二十歳を過ぎてからは目立つ怪我など負ったことがないはずだ。

唯一の例外は風見家と縁づくきっかけになった、弓香との立ち合いぐらいだろう。

その時の傷も弓香に怪我をさせる前に勝負を終わらせるため、わざと受けたものだったと、義父となった先代当主の多門から清志郎は明かされていた。

本気を出した弟は贔屓目を抜きにして、旗本八万騎で随一の強者。

市井の剣客を含めても、実力が拮抗する者は限られている。

果たして竜之介は何者と刀を交え、このような有様にされたのか？

ともあれ、傷の手当てをさせなくてはなるまい。

清志郎が腰を浮かせかけた瞬間、傍らから太い腕が伸びてきた。

「殿」

さりげなく肩を摑み、押し戻したのは用人の亀石だ。

竜之介の訪問を取り次いだ後も退出せず、部屋の中に残っていたのである。

清志郎と近間で視線を合わせた亀石は、白髪交じりの頭を横に振る。

医者を呼ぶほどの傷には非ず、竜之介様も治療を必要としておられませぬ――。

ぎょろりとした両の目が、無言の内にそう語りかけてくる。

清志郎は非礼を咎めることなく、黙って亀石に頷き返した。

老いても強面の亀石は本所南割下水の界隈で育った、貧乏御家人の三男坊だ。貧窮した暮らしの中で身を持ち崩し、腕っ節の強さを地回り相手の喧嘩にしか活かせずにいたのを亡き父に見込まれた。召し抱えられたのと同じ頃に誕生した竜之介の傅役を申しつけられ、元服するまで面倒を看た。

家運を傾けると世間で嫌悪される左利きに対処してくれたのも、この亀石だった。

武家の子として生まれたからには公私の別なく、右を利き手として過ごさせなくてはならない。亀石は箸の持ち方を手始めに幼い竜之介を厳しく鍛えたが、剣術の基礎の手ほどきをする際に限っては、むしろ左手を活かすことを重んじた。

武士は右利きを前提とされる一方、刀を武具として扱う上で左手による精緻な操作を求められる。手の内と称する柄の握りのみならず、体の捌きも左半身が主とされるのは剣術の習い始めに付き物の、誰もが苦労を要する点だ。

その苦労も、竜之介の生まれ持った特徴を活かせば解消される。

のみならず左手で脇差を抜いて不意を衝き、窮地を脱することさえ可能なのだ。

表向きは右利きとして過ごし、いざとなった時は左手の封印を解くべし。

強面でありながら柔軟な亀石の発想には亡き父も異を唱えなかったため、竜之介は両利きとして育てられたのである。この事実を知る者は、身内の他には殆どいない。

今宵の相手は、竜之介に怪我を負わせたほどの強者だ。

ということは、切り札を出すまで追い込まれたのか？

子細は問い質してみなければ分からない。

そう思い至ったことにより、清志郎は落ち着きを取り戻した。

「お忙しゅうございましたのか、兄上」

「大事ない。無聊の慰めにやっておることだ」

清志郎は右手に持ったままでいた筆を置き、竜之介に向き直った。

亀石は二人に向かって一礼し、水入らずにさせた部屋を無言で後にした。

十一

小川町の風見家では、何とか屋敷に帰りついた又一が報告を終えたところであった。

離れに設けられた多門の隠居部屋には、前後して訪ねてきた十兵衛も同席している。

庭には文三らが見張りに立ち、綾麻呂の襲来を警戒していた。

「ということは、婿殿もおぬしたちも浅手で済んだのじゃな？」

「へい。恥ずかしながら何とか生きて帰って参りやした」

又一は口調こそ常と変わらず伝法だが、多門と接する態度は折り目正しい。

「何も恥じるには及ぶまい。無事で何よりじゃった」

福々しい顔を綻ばせ、多門は微笑んだ。

「ご雑作をおかけ致しましたね、倉田殿」

多門の傍らに座した弓香が、淑やかに頭を下げる。

又一の報告を直に聞くため、隠居部屋に同席していたのだ。

生まれて八月目の虎和は夫婦の寝所を兼ねた私室に寝かせ、弓香の乳母でもあった女中頭の篠に添い寝をして貰っているので心配ない。

「滅相もありませぬ。私と雷電が居合わせながら、面目次第もなきことです」

十兵衛は六尺豊かな巨軀を平身低頭させ、恐縮しきりで弓香の礼に応じた。

「くーん」

閉めた雨戸越しに切なげな、雷電の鳴き声が聞こえる。

主従揃って沈痛な面持ちなのは、竜之介を大事に想えばこそだった。

「この図体が見掛け倒しであるのを、今日ほど情けのう思ったことはありませぬ」

十兵衛が悔しげに顔を歪めた。

「いや、いや。詫びねばならんのは、わしらのほうじゃよ」

「ご隠居様……」

「まぁ、年寄りの話は最後まで聞きなさい」

戸惑う十兵衛を黙らせると、多門は穏やかに語りかけた。

「婿殿が無茶をしたのは、わしと娘への義理もあってのことなんじゃよ」

「父の申す通りにございます」

傍らの弓香も控えめに口を挟んだ。

「平山家で教えを受けたのは、私と父も同じこと……それを夫は承知なれば、若先生の意趣返しを果たす機を逃すまいと、相手に挑んだのでございましょう」

「それにしても婿殿と伍する腕前とは、まるで化け物じゃな」

娘の言葉を受けて、多門が呟く。

「竜之介は化け物ではありませぬよ、父上」

すかさず弓香が食ってかかった。

「分かっておる。同じ穴のムジナなれば言うたことよ」

「同じ穴、にございまするか？」

「槍の風見だの風見の鬼姫だのと、人様から泰平の世にあるまじき二つ名で呼ばれておったのはわしもおぬしも同じこと……口では褒めそやしておっても、実のところは化け物としか思われておらんかったことぐらい、分かっておろう」

「そ、それはそうでございまするが……」

父の指摘に弓香は凜々しい美貌を曇らせた。

「清志郎さんの許を離れた婿殿の居場所は、我が家だけじゃ。越中守様のお屋敷から戻らば、しっかり尽くしてやるのじゃぞ」

「元よりそのつもりにございまする」

弓香は思わず頬を染めながらも、しかと答えた。

「それにしても心配だのう」

いまだ新所帯(あらじょたい)の頃と変わらぬ娘の様子を横目に、多門は太い腕を組んだ。

「その綾麻呂とやらとの勝負が引き分けだったのはともかく、越中守様の手の者に見咎められてしもうたのは厄介(やっかい)じゃな」

「お迎えに参りまするか、父上」

「それなら、あっしらにもお供をさせてくだせぇやし」

弓香と又一が勢い込んで腰を上げた。

「待て、待て。おぬしたちは主従揃うて血気(けっき)に逸(はや)りすぎじゃ」

多門はやんわりと二人を宥めた。

「我らより付き合いの長い十兵衛さんがこうして耐えておるのじゃ。気持ちは分かるが無茶はいかんぞ」

「父上、されど！」

「抑えてくだされ、奥方様」

収まらぬ弓香を、今度は十兵衛が押しとどめた。

「ご隠居様の仰せの通りにござれば、どうか思いとどまってくだされ」

「倉田様……」

悔し涙を滲ませた十兵衛を前にして、弓香は二の句が継げなかった。

十二

風見家の人々が気を揉んでいる間も、兄弟のやり取りは続いていた。

「山城守様の隠し子だと？」

竜之介の思わぬ話に、清志郎は耳を疑った。

「その公達は田沼のご本家がお血筋と、自ら申しておったのか」

「確たることは何も明かさずに立ち去り申した」

「……おぬしの思い込みか、竜之介」

「さに非ず。綾麻呂の顔は見紛うことなく田沼山城守、我らが従兄弟の意知様と生き写しにございまするぞ、兄上」

「黙りおれ。証しも得ずに滅多なことを申すでないわ！」

清志郎は柳眉を吊り上げ、竜之介を叱りつけた。涼しいはずの部屋の中、しとどに汗を流していた。

寛政元年の七月中旬は、西洋の暦では一七八九年九月の上旬。

本来ならば暑さがいまだ厳しいはずだが、江戸は今年も冷夏である。六年前に浅間山が大噴火を起こした際、空に高く舞い上がった火山灰が元凶らしい。

天候が不順であっても、命は生まれる。

清志郎の屋敷の庭では、夜が更けても盛んに蟬が鳴いていた。

敷地が広い武家、とりわけ大名と旗本の屋敷は、鳥や虫の格好の棲みかだ。

無役の清志郎に凝った庭を構える余裕はなく、亡き父も贅沢を慎んでいたため碌に庭木もなかったが、蟬たちにとっては十分であるらしい。

「山城守様は元若年寄、それも仏となられて久しきお方ぞ。従兄弟と申せど恐れ多いと思わぬのかっ」

閉じた障子の向こうに響く蜩の声をよそに、清志郎は竜之介を睨みつけた。少年の頃から美男と評判の清志郎は、説教をしていても二枚目だ。

「元より故人を貶めるつもりなどございませぬ」

童顔を毅然と前に向けたまま、竜之介は答える。

確証があるがゆえの態度であった。

竜之介が山城守こと田沼意知の隠し子と見なした相手は清志郎と同様に、父親似ということになる。

田沼家には美男が多い。

その血筋に綾麻呂が連なっているならば、無下に扱わせるわけにはいくまい。

「……それほどまでに似ておったのか」

清志郎は声を低めて竜之介に問いかけた。

竜之介が夜更けに訪ねてくるまで写本に勤しんでいたため、奥方の静江は先に寝かせてある。

叔父の竜之介が顔を見せると決まって甘える幼子の仁は元より、長男の忠と長女の孝も既に眠っている頃合いだが、声を荒らげていては目を覚ましかねない。

「血の繋がりなくして、あれほど似通うた顔立ちになるはずがありますまい」

竜之介は変わることなく、落ち着いた声で清志郎に答えた。

「おぬし、あくまで山城守様の隠し子と申す所存か」

「なればこそ兄上に子細をお尋ね致したく、夜分に失礼とは承知で参上つかまつった次第にござる。腹蔵なくお答えくだされ」

「私が何を知っておると申すのだ？」

「綾麻呂が当年十七ならば、生まれたのは十と六年前。その年に兄上が山城守様のお忍びに従うて、都に参られたのを思い出し申した」

「たしかに京へ上(のぼ)ったが、それが何としたのだ」

「その折に、山城守様がお手をつけられた女人が居るはずでござる」

「口を慎め竜之介。盆は明けたとは申せ、故人に無礼であろうが」

「無礼は元より承知にござる。思い出してくだされ、兄上」

「おぬしが勘繰るようなことは何もない。綾麻呂とやらが山城守様に似ておると申すは他人の空似(そらに)ぞ、竜之介」

「近間にて鎬を削りながら判じたことなれば、間違いはござらぬ」

「斬り合いで目に迷いが生じたのであろう」

「左様なことは決してござらぬ」

「何故に言い切れるのだ」

「兄上にはご存じなきことでござろうが、命のやり取りの最中は耳目(じもく)も勘も、常より冴えるものにござる」

「その勘を働かせ、綾麻呂は山城守様の隠し子と判じたか」

「左様にござる」

「されば何故、刀を引かなんだのだ。意知様がお子、すなわち伯父上のお血筋と察しながら手加減も致さず、刃を向け続けたとあらば無礼の極みぞ」

「……」

「答えぬか、竜之介」

「……綾麻呂は、強うござる」

「竜之介？」

「綾麻呂は類い稀なる太刀術の遣い手。手加減を致すどころか死力を尽くしても、切り抜けられぬほどでござった」

「それほどまでに、強いのか」

竜之介は黙って頷いた。

熨斗目の袖に滲んだ血は、既に乾いていた。

どの傷も、きっちりと血止めがされている。

血の跡は刃を受けた際の出血のみで、後から染み出てはいないらしい。微かな血臭と共に漂う匂いから察するに、膏薬（こうやく）も塗られているようだ。

「その綾麻呂と名乗りし公達は、たしかに十七とおぬしに明かしたのか」

「左様にござる。外見に違（たが）わぬ年格好と見受け申した」

「……ならば尚のこと、この話は世間に知れてはなるまい」

「何故にござるか」

「十七ということは、ご当代の意明様より二つも上だ。真に意知様のお子ならば母親が誰であろうと、田沼の本家がご長男ということになる……万が一にも上様の御耳に達して認められれば、御上意によって当主の首を挿げ替えられてしまうやもしれぬ」

意知は正室と側室たちとの間に、四男三女を授かった。

その外にいま一人、世に知られざる子が存在したと世間に知れれば一大事だ。

「……兄上、お答えを」

「まだ分からぬのか、口を慎め竜之介っ」

「お答えくだされ」

清志郎が声を荒らげたのに臆さず、竜之介は尚も答えを迫った。

「さ、左様なことはあり得まい。いや、あってはならぬことなのだ」

清志郎は声を震わせながらも言い切った。

「お目を背けてはなりませぬぞ、兄上」

竜之介は引き下がらない。

「だ、黙りおれ」

「田沼の隠し子であったのは、我らが父上も同じにござる」

「む……」

動揺を隠せぬ兄に向かって、竜之介は静かに告げた。

「綾麻呂の顔立ちは見紛うことなく、田沼がご本家のお血筋にござる。私は山城守様に続いて、兄上のお顔を思い出し申した」

「……………」

「……………」

清志郎に無言で見返され、竜之介も黙り込む。

兄弟の亡き父は、意次の父つまり清志郎と竜之介の祖父に当たる意行(おきゆき)が晩年に手を付けた田沼家の女中が孕(はら)み、密かに産んで育てた子であった。

この不遇な末弟を、意次は放ってはおかなかった。小納戸頭取を務めた意行が現職のまま病で没し、六百石の家を継いだ意次は身柄を引き取って養育し、元服したのを機に分家を立てさせた。それから意次自身も出世を重ね、御側御用取次を経て老中に抜擢されるや奥右筆の任に就け、政務の一翼(いちよく)を担わせた。

隠し子だった末弟を意次が大事にしたのは、身内の情だけのことではない。

田沼家が紀州徳川家の当主から八代将軍となった吉宗公のおかげで旗本に取り立てられた、いわば成り上がりの一族だったからである。

七代家継(いえつぐ)公が幼くして亡くなったことで神君家康公の直系が絶え、御三家で初めて将軍職に就いた吉宗公は周りを固めるべく、紀州徳川の藩士を旗本に取り立てた。

その一人が田沼意行であり、意行が藩主付きの小姓に取り立てられる以前の田沼家は藩士より格の低い、足軽の立場だった。

歴史の浅い一族には、手足となって働く家臣がいない。

ゆえに清志郎と竜之介の亡き父は大事にされたのだ。

意次が失脚しなければ、清志郎は家督と共に御役目も継いでいたであろう。

しかし意次は一昨年に老中を解任されたばかりか謹慎に処され、昨年の七月二十四日に亡くなった。昨日で明けたばかりの盆は、伯父の新盆(にいぼん)でもあった。

「……竜之介、おぬしは綾麻呂を何としたいのだ」

「ご本家のお血筋やもしれぬからには、無下(むげ)に扱(あつこ)うてはなりますまい」

「したが、おぬしの敵なのであろう」

「それは……」

「隠さずともよい。おぬしが柳生一門から去りし後に教えを受けた、平山家の行蔵殿の意趣返しに動いておったことは承知の上だ」

「ご存じでございましたのか、兄上」

「心当たりがあらば知らせてくれと、昼間に風見家の中間から頼まれてな」

「誰でございまするか」

「文三だ。用足しに小川町の屋敷へ戻ったそうだが、すぐ北伊賀町に取って返したぞ」

「左様にございましたのか……」

「おぬしへの忠義あってのことなれば、責めてはならぬ」

「元よりその気はありませぬ」

「ならばよい。今のおぬしは風見の当主。くれぐれも無茶は致すな」

「……兄上」

「何だ」

「全てを綾麻呂が一存と決めつけるのは、早計かと存じまする」

「裏で糸を引く者がおると申すのか」

「何事も母親のためと、綾麻呂はほのめかしておりました」

「……父御（ててご）のことは、何ぞ言うておったか」

「いえ、何も」

「ということは、己が何者なのかを存じておらぬのではないか」

「左様とあらば尚のこと、明らかに致さねばなりますまい」

「竜之介……」

清志郎は口を閉ざして俯いた。

しばしの間を置き、端整な顔を再び上げる。

「おぬしと伍する手練にして都育ち、当年取って十七か……辻褄は合うておるな」

「兄上？」

「……二度は明かさぬ。しかと聞け」

清志郎は弟に向き直り、厳かに膝を揃えた。

第二章　親は子知らず

一

「事の起こりは十七年前だ。山城守様は私一人に供をさせ、京の都に上られたのだ」

清志郎が端整な細面を強張らせ、語る口調は重かった。

「兄上も、ご一緒に？」

「二月近くも留守にしておったのだが、覚えておらぬか」

「まるで覚えておりませぬ……」

竜之介は困惑ぎみに呟いた。

清志郎がそれほど長きに亘り、不在にしたことがあったとは初耳だ。家督を継いだ後はもちろん、遊学する等の理由があれば遠国に旅をするのを許された若い頃にも、外泊をしたことさえなかったはずだ。

「無理もあるまい。おぬしが七つの頃の話だ」

清志郎の細面が、ふっと和らぐ。

「あの頃のおぬしは風呂嫌いで、いつも手を焼かされたものぞ。小さい体のどこから出るのかと思う程、力も強かったゆえな」

きかん坊だった幼き日の竜之介を思い出したことで、緊張が解けたらしい。

「馬鹿にしないでくだされ。七つともなれば物心はついておりますぞ」

竜之介はムッとして言い返す。こちらも我知らず緊張が解けていた。

「されど、何も覚えておらぬのだろう」

「左様なことはありませぬ。今すぐに思い出しますゆえ……」

竜之介はつぶらな瞳を閉じ、しばし考えた後に口を開いた。

「十七年前と申さば、私が柳生のご門下に加えて頂いたばかりの頃にございますな」

「左様。おぬしが亀石に鍛えられ、馬手を弓手と同様に使えるようになったことを見届けられた伯父上のご推挙(すいきょ)により、入門を認められてから間もなき頃だ」

「その儀は終生(しゅうせい)忘れませぬ。子供ながらに伯父上のご期待に沿わねばならぬと、強うなることばかりを考えて日々を過ごしておりました」

「私が旅に出たことを覚えておらぬのは、それゆえよ」

「と、申されますと？」

「あの頃のおぬしは小さな体で毎日呆れんばかりの大飯を喰らい、夕餉を済ませると早々に寝てしまうのが常であった。夜が明ける前から起き出して愛宕下の柳生様の許に馳せ散じ、他家の子弟が手習い塾に通う午後になっても道場に居残り、上様への御指南を終えられた先生が下城なさるのを待ち受けて、稽古をつけて貰うていたはずだ」

「されば、兄上が屋敷から居なくなられたと分かっていても……」

「気に留める暇がない程、修行に専心しておったのだろう」

清志郎は懐かしそうに微笑んだ。

「子供には忘却という特技がある。大事と思うたことは終生忘れずとも、日々の些末な事柄は次々に小さな頭から抜け落ちていくものだ。京土産でも買うて参れば少しは覚えておったやもしれぬが江戸への戻り路で護摩の灰に路銀を盗まれ、食うや食わずの有様だったのでな」

「左様な難儀をなされたのですか？」

竜之介は驚いた声を上げた。

若い主従二人の道中は、存外に難儀なものだったらしい。

「山城守様を這う這うの体のままで呉服橋にお帰しするわけにも参らぬゆえ、我が家にお連れしたのだが、おぬしは疾うに夢の中であったよ。三日会わざれば刮目すべしと申すに違わず、逞しゅうなっておったのを覚えておるわ」

「されば、山城守様にご挨拶も致さずに……」

「気にするには及ばぬ。竜之介に情けなき姿を見られずに済んだと、むしろ安心しておられたぞ。久方ぶりに山城守様の笑顔を拝見し、私も安堵したものだ」

「ご無礼の段、お許しくだされ」

「気に致すなと申したであろう。それ程までに修行一筋であったがゆえ、今のおぬしがあるのだ」

「おかげさまにございまする。小兵なのは相も変わらずにござるが……」

「大兵ならば強いとは限るまい。山城守様も竜之介はいずれ九郎判官様に勝らずとも劣らぬ手練に育つであろうと、五条大橋で申しておられたぞ」

「真にございまするか？」

「それだけ期待を寄せておられたのだ。長じた後は番方に取り立て、存分に腕を振るわせてやりたいとの仰せであった」

「左様なことを、山城守様が……」

「本気のお言葉に相違あるまい。願わくば側近くに仕えさせたいが竜之介も田沼の姓を冠する身。期待に違わず判官様がごとき手練に育った暁には柳営の武官として、上様の御為に忠義を尽くさせるが一番とも申しておられた」

「恐悦至極に存じまする……義経のごとき手練、でござるか……」

竜之介は面映ゆそうに微笑んだ。

並より小柄な身にとって、九郎判官こと源義経は幼い頃から憧れの英雄だ。

他の子より背丈の伸びが遅かった竜之介は、義経の伝説を知ることで救われた。

五条大橋で武蔵坊弁慶の千本狩りを阻んだ、軽やかな身のこなし。

平家の大軍をものともしない、鵯越に八艘跳び。

いずれも並より背が低く、身軽であればこそ可能な離れ業である。

小兵であってもいいのだ。

背が低かろうと、何ら恥じるには及ぶまい。

義経を見習って己を鍛え続ければ、必ずや強くなれるに違いない――。

竜之介はそう信じることで、泰平の世には稀なる手練と呼ばれるに至ったのだ。

義経に対する憧れは大人になっても醒めず、愛馬の疾風を駆る時は常に源平争乱のいくさ場を脳裏に思い描き、その名を耳にするだけでも気分が高揚する。

しかし憧れゆえの一言を、清志郎は聞き逃さなかった。

「これ竜之介、義経などと呼び捨てに致すでない。判官様は逆賊の汚名を着せられたとはいえ歴とした河内源氏、頼朝公の弟君だ。源氏の裔として征夷大将軍の職を拝命なされし代々の上様に対し奉り、無礼であると思わぬのか」

「ご、御無礼をつかまつりました」

竜之介は深々と頭を下げ、この場に居ない家斉と歴代の将軍たちに非礼を詫びた。

「その上様より拝領せし御刀を損ねたのみならず、粗略に扱うてしもうたことも重々反省致すのだ」

「面目次第もありませぬ。不覚の至りにございました」

「分かればよい。されば話の続きを致そうぞ」

「お願い致しまする」

竜之介は重ねて頭を下げた。

殊勝な態度を見届けて、清志郎は行燈に躙り寄る。

夜なべで書き物をするために灯していた二本の灯芯を一本にしたのは、油の減りを抑えると同時に、話が長くなることを暗に示すためでもあるらしい。

竜之介は童顔を引き締め、改めて清志郎に視線を向ける。

暗さを増した部屋の中、端整な細面は再び緊張を孕（はら）んでいた。

二

掃除の行き届いた座敷に、淫靡（いんび）な香りが立ちこめていた。

床の間に置かれた香炉（こうろ）から、細い煙がたなびき出ている。

畳に敷かれた布団の上に、四十絡（しじゅうがら）みの女が陶然（とうぜん）と横たわっていた。

「いい心持ちやわぁ、兄（あに）さん……」

「せやろ。わての按摩（あんま）は玄人（くろうと）はだしや」

寝間着に白衣（びゃくえ）を纏った女の体を、一人の男が揉んでいる。

言葉に違わず、揉み療治をしているだけだ。

二人の顔は、よく似ていた。

目も鼻も造りが大きく、彫りが深い。

男の年は、頭を丸めた女と同じく四十絡（がら）み。同様に白衣を纏い、伸ばした髪を軍学者風の総髪（そうはつ）にしている。

「上つ方のお相手は肩が凝るやろ、咲夜」

「それは兄さんも同じですやろ？」

「せやなぁ、ほんまのとこは下種やとしか思とらんけど、殿様、殿様言うて持ち上げとかんと商いにならへんさかいな」

「ほんま、大名も旗本も分をわきまえとらん奴ばっかりやわ」

「全くや。どいつもこいつも、ご大層な系図を自慢げに見せつけてきよる」

「そんだけ兄さんの、木葉刀庵先生のお墨付きが欲しいんですやろ」

「そういうことや。しゃあないよって、毎度付き合うとるけどなぁ」

「あないなもん、お金で買うとるだけですわ」

「あの田沼の若造も似たようなことして、佐野の恨みを買うたんやったな」

「その噂は眉唾もんやそうですけど、もっともらしい話ですわ」

「人様んとこの系図を借りたまんま手前のもんにしよるんは下種の証し。あないな噂がまことしやかに囁かれとるいうことは、そんだけ田沼家は格が低いいうことや」

「仕方あらへんわ。主殿頭からして足軽の倅やもん」

「その足軽から大名にまでなりよったんは大したもんや。せやけど、その後があかんかったな。太閤はんの足下にも及ばんわ」

「あんなのと比べたら秀吉はんに失礼やで、兄さん」

陶然と呟きながらも女は気を抜かず、廊下に面した障子に目を配っている。

「せやったな。幾ら徳川の天下や言うても秀吉はんを蔑ろにしたらあかん。ほんまの天下人いうのんは、もっと気前がええもんや」

対する男も軽口を叩きつつ、部屋を仕切る襖の向こうに耳を澄ませていた。


隣の部屋の襖の陰に、一人の若い男が潜んでいた。

羽織袴に脇差を帯びた、二十代の前半と思しき武士である。

先ほどから襖越しに漏れ聞こえる声に、無言で耳を澄ませていた。

「………」

日に焼けた男の顔は、くっきりした目鼻立ち。

精悍な顔を不快げに歪め、すっと男は腰を上げた。

潜んでいた部屋には、元より明かりが灯されていない。

暗い中を音もなく通り抜け、男は敷居を越えて廊下に立つ。

「……化け物どもめ」

吐き捨てるように呟いたのは廊下を渡り、屋敷の中庭に出た後のこと。

素足に履いたのは草履ではなく、懐から取り出した足半だった。

玉砂利を踏む足の運びは安定しており、上体が傾ぐこともない。

引き締まった両の腕を体側に下ろし、いつでも左腰の刀に掛けられる体勢を取っているることからも、鍛えられた剣客であるのが見て取れた。


「先生……いや、お留守居役様はどうかしておられるぞ。斯様な輩の手など借りずとも、俺だけで十分お役に立つと申すに……」


やり場のない不満を口にしながら、男は夜更けの空を見上げる。

いまだ十六夜の月は雲に隠れたままである。

ここは下谷七軒町、秋田藩上屋敷。名門大名の佐竹家が拝領した江戸屋敷の一室に悪しき男女は客人として逗留を許されていた。

三

「時が経つのは早いものだ。あの頃の私は元服したての十五、山城守様が二十四の年であった……」

山城守こと田沼意知が密かに京の都へ旅立ったのはいまだ公儀の御役に就かず、父の意次が呉服橋御門内に拝領した上屋敷で、部屋住みの暮らしをしていた頃だ。

部屋住みと言えば次男や三男を指すことが多いが、長男も家督を継ぐまでは同様に実家の一室を住まいとする。

当時五十四歳の意次は側用人を兼務したまま、老中に抜擢されたばかりだった。時の将軍だった家治公が意次に寄せる信頼は益々篤く、旗本から大名となったことにより授かった遠州相良三万石の地では、五十の年に公儀の許しを得て始まった相良城の普請が着々と進められていた。

一族の出世頭となった意次の栄達ぶりは目覚ましく、田沼家は順風満帆。呉服橋様という意次の異名の由来となった相良藩上屋敷には、権勢にあやかろうと金品を持参する者が後を絶たなかったものである。

そんな満ち足りていたはずの日常から、若き日の意知はふらりと抜け出したのだ。

武士は御役に就けば行動を制限され、旅は元より外泊をするにも事前に許可を取らなくてはならない。気楽な部屋住みの内にと思い立ったのかもしれないが、当時三万石の大名の長男、それも家督を継ぐことが決まった嫡子にしては、軽はずみに過ぎると言わざるを得まい。密かに子供まで作っていたとすれば、尚のことだ。

「そのご道中に、兄上だけがお供をなされたと申されたのは真でござるか？」

竜之介は探るように問いかけた。

「仰せつかったのは私だけだ。山城守様と示し合わせ、品川宿で落ち合うた」

「されば、田沼のご本家では相手のおなごのことを？」

「山城守様が漏らしておられなければ、いまだ誰も知らぬであろう。私が明かすのはおぬしが初めてぞ」

「ということは、昨年に亡くなられた伯父上にも……」

「……心苦しき限りなれども山城守様のご遺命に沿い、隠し通させて頂いた」

言い難そうにしながらも、清志郎は毅然と答えた。

「それは酷うござる！　綾麻呂が真に山城守様のお子であるならば、伯父上のお孫ということになるのですぞっ」

竜之介は思わず声を荒らげた。

意次は竜之介にとって、いまだ敬愛して止まない人物だ。

もちろん意知も大事だが、立場は意次が上である。

本家の嫡男ともあろう者が、何ということをしてくれたのか。

結果として綾麻呂が放っておかれたと思えば、更にいたたまれない。

「如何なるご所存にござるか、兄上っ」

竜之介は続けて清志郎に食ってかかった。

包帯が解けるかもしれないと思いつつ、腕を振り回さずにはいられない。

対する清志郎は冷静だった。

「騒ぐでないぞ竜之介。かくなる上はと、恥を忍んで打ち明けておるのだ」

「恥とは何でござるか、恥とは」

「落ち着け」

更に声を荒らげんとした竜之介に、清志郎は厳かに告げた。

「盆が明けて早々に斯様な次第と相成ったのは、亡き伯父上のお導きと謹んで判ずるべきであろう。もはや隠し立ては致さぬゆえ、私の話を聞いてくれ」

「…………」

竜之介は口を閉ざし、そっと左腕に右手を伸ばす。十兵衛がきっちり巻いてくれたさらしは、少しも緩(ゆる)んではいなかった。

「……申し訳ありませぬ、兄上」

竜之介は詫びた上で、改めて清志郎に問いかけた。

「このお話を山城守様から直(じか)にお聞き及びになられたならば、伯父上は綾麻呂と母御の女人を、どうなされたと思われまするか」

「江戸に下らせ、山城守様のご側室として手厚く遇されたであろう。引き取った時に孕んでおらなんだとしても授かるのを待ち、生まれし後にはお手元で養育なされたに相違あるまいぞ」

「ごもっともにございまする。ご本家の御曹司とあれば、左様に遇されてしかるべきだったことでございましょう。それが綾麻呂にとって幸せなことであったかどうかは分かりませぬが……」

竜之介は複雑な面持ちで呟いた。

意次をいまだ敬愛する竜之介も、聖人君子だったとまでは思っていない。

六百石の旗本で、祖父の代は紀州藩の足軽にすぎなかった田沼家が城持ちの大名にまで出世したのは、意次が清濁を併せ呑む人物であったがゆえのこと。政の手腕が巧みなだけで、そこまで成り上がれるはずがあるまい。

功成り名遂げた後の意次は、いわゆる政略結婚に固執した。

跡継ぎの意知は十二の年に、岩見浜田藩主の松平家と縁談が整えられた。

浜田藩主の松平周防守康福は意次より先に老中に任じられ、首座にも就いた実力者であった。その娘を意知の正室に迎えることは、田沼家の権勢を維持する上で不可欠と意次は見なしたのである。

意次は意知以外の息子と娘も有力な大名や旗本の家々と縁づかせ、政略結婚のために養女まで迎えている。

成り上がりは家中の士のみならず、親類縁者にも恵まれていないものである。

一代で得た権勢を維持するためには、次代のための備えが必要だ。

この自明の理を、意次は重々承知していた。

意知に側室を迎えることを奨励したのは、一人でも多くの孫を持つためであった。

側室を母として生まれた庶子は、正室の子である嫡子が幼くして命を落とした時の備えだが、無事に家督相続が為された後も役に立つ。

男子は婿養子に、女子は持参金をつけて嫁に出す。

田沼家に美男美女が多く生まれたのも、縁談を調える上では有効だった。

清志郎が細面の美形なのは、父方の血が強いがゆえのこと。

綾麻呂が在りし日の意知と瓜二つなのも、理由は同じだ。

竜之介だけが美形とは言い難い童顔なのは、母親に似たからである。亡き父と祖父に当たる意行も美男と評判だっただけに、たまたまそうなったと見なすべきだろう。

正室の生家にはこだわった意次も、側室の出自は問わなかった。自身も若い頃には町娘と浮き名を流す一方、町医者の娘を愛妾にしていたからである。

意知が京の都で出会った女人のことも打ち明けられれば意次は歓迎し、親しい旗本の養女にするといった手続きを踏んで迎え入れ、綾麻呂のことも孫の一人として可愛がったに違いない。武術の才が備わっていると知るに及べば、美形ながら政略結婚の手駒ではなく田沼家の護りとして、竜之介と共に用いたかもしれなかった。

しかし、現実は残酷であった。

綾麻呂は敵として、竜之介の前に現れたのだ。

己が田沼家の血を引く身であることを、綾麻呂は知っているのか。

元より全てを承知の上で、竜之介と刃を交えたのだろうか？

「………」

竜之介は無言のままで俯いた。

再び綾麻呂と相まみえた時、刃を向けられる自信はなかった。

四

「兄さん、代わりましょか」

「せやな。鬱陶(うっとう)しい蠅(はえ)も居(お)らんようになったことやし、一つ頼むわ」

淫靡（いんび）な香りの漂う中、男は女と入れ替わりに横たわった。襖の陰で聞き耳を立てていた若い男のことは、先刻承知だったらしい。

「ところで、麻呂はまだかいな」

ふと思い出した様子で、男は言った。

「まだですわ。どこをほっつき歩いとるんやろ」

何食わぬ顔で答えつつ、女は按摩をし始めた。

「また道に迷とるんちゃうか？」

「そうかもしれまへん。あの癖だけは幾つになっても治りまへんなぁ」

「仕方あらへん。あの子の人生は、わてらに操（あやつ）られとるだけやからな」

「まぁ兄さん、人聞きの悪いこと言わんといて」

「蠅はもう居らへん言うたやろ。安心しい」

薄く笑った男は、揉み療治に勤しむ女に視線を向けた。

「咲夜」

「何ですの」

「お前はん、男が居らんでも平気なんか？」

「兄さんこそ、おなごなしで大事ありまへんの」

「いけずなこと言わんとき。わてのお大事はんが役に立たんいうことなら、とっくに知っとるやないか」

「それはこっちも同じどす。あないなもんにおなごの大事なとこを穢されるんは一遍きりで十分ですわ」

「そないなこと言うて、麻呂が聞いたら泣きよるで。自分が生まれたんは田沼山城守とお前はんが愛し合うたからやて、本気で信じとるんやろ？」

「そういうことにしとかなあきまへんやろ。お前は田沼の家を乗っ取るために拵えただけの傀儡やなんて、よう言わんわ」

「言うとるやないか」

「あら、ほんまや」

按摩を続けながら女――咲夜は微笑む。

今年で十七になった綾麻呂は、父親の実像を何も知らずにいる。

全て母親の咲夜から聞かされただけで、何の裏付けもありはしない、父親の素性の他は全て作り話に過ぎぬとは、思ってもいないことだろう。

「ほんま、兄さんはええ体したはりますなぁ」

「それは自分の体を褒めとるんと一緒やで、咲夜」

「ええやおまへんか。お互いにそない思てたらよろし」

「せやなぁ」

屈託なく答える咲夜に按摩をされながら、男――木葉刀庵は頷いた。

年子の兄と妹である二人が江戸に下ったのは、この春のことである。

老中首座の松平越中守定信に京の都から招聘された咲夜は、徳川将軍家が重んじる源氏物語の講義を大奥に通って行う一方、定信の台頭により失脚し、全てを失った元老中の田沼主殿頭意次の遺恨を晴らすべく、仇と見なした定信の許に寄宿しながら機を窺っていた。

綾麻呂が生まれ育った都を離れて江戸に下ったのは、咲夜に合力するためである。

幼い頃から修行を重ねて会得した、綾麻呂の太刀術は達人の域に達している。

類稀なる技の冴えは江戸入りに先駆けて蝦夷地に渡り、アイヌの反乱を先導した際にも遺憾なく発揮されたという。

反乱の先陣を切った綾麻呂が殲滅したのは、蝦夷地を代々治めてきた松前家に貸し付けた大金の返済代わりに権限を譲り受け、オロシャとの交易を独占して暴利を貪るのみならずアイヌの男たちを漁労に酷使し、女たちを慰み者にして憚らずにいた商人の一味だった。

綾麻呂曰く、斬ったところで心の痛まぬ、悪しき輩であったという。

別行動で先頃まで蝦夷地に渡っていた刀庵は、甥の働きに満足しきりだった。

「子供いうんは御しやすいもんや。人の言うことを疑わんと、何でも聞きよる」

「そんだけ兄さんの口が上手いいうことですわ。あの子が何も知らんのをええことに悪い話ばっかり吹き込みましたんやろ。相手は悪鬼羅刹の集まりやて」

「いてこまさせなあかんのに、ほんまのことなんぞ言えるかいな。商人たちかて儲けを出さなやっていけへんから鬼になるより他にしゃあないし、下手しよったら国許に残してきた女房や娘が身売りせなあかんようになるなんて言うてもうたら、太刀先が鈍ってまうやろ？」

呆れ交じりで呟く咲夜に、刀庵はにやりと笑って見せる。

「麻呂の奴、えらい腕を上げよったわ。益々役に立ちそうやな」

刀庵の言う通りであった。

敏捷な綾麻呂は多勢を相手取っても後れを取らず、迅速な太刀は狙い撃たれた火縄銃の玉をも断つ。亡き老師から伝授された奥義は竜殺しの名に違わず、蝦夷地の餓狼や巨大な熊を仕留めるに足る程の威力を秘めていた。

その力を、綾麻呂は悪しき兄妹に利用されている。

綾麻呂は自ら望んで斬りはせず、相手から挑まれなければ太刀も抜かぬが、子が親に従うのは当然のことだと信じ込んでいる。

父親の顔を知らない綾麻呂を女手一つで育ててくれた恩返しと思い定め、咲夜の意のままに動いていたのである――。

五

竜之介は清志郎と向き合ったまま、いまだ黙り込んでいた。

「何としたのだ、竜之介」

清志郎が問うてくる。

「綾麻呂のことで考え込んでおるであろう」

図星（ずぼし）であった。

「ゆめゆめ迷うては相成らぬ。おぬしには釈迦（しゃか）に説法だろうが、要らざる迷いは剣先を鈍らせ、命取りになると言うではないか」

「兄上……」

「子は親を選んで生まれることが叶わぬものだ。綾麻呂が母親のために動いておると自ら申したのであれば、手心を加えてやるには値しないと心得よ」

「されば、その悪事を止めさせまする」

「左様なことができるのか？」

清志郎にずばりと問われ、竜之介は答えられない。

「綾麻呂は当年十七と言っていたそうだな、竜之介」

清志郎が質問を変えてきた。

「……左様にございまする」

「諸々考え合わせるに、我らと同じ田沼の一族と見なさざるを得まい」

「されば、やはり斬るわけにには！」

「いや、なればこそ生かしてはおけぬ」

「何故にございまするか、兄上っ」

「知れたことだ。これ以上、田沼の家名を貶められるわけには参らぬ」

「まだ、綾麻呂が悪事を働いておると決まったわけではありませんぞ」

「世迷言を申すでない。そもそもおぬしが綾麻呂に勝負を仕掛けたのは、平山行蔵の意趣返しではなかったのか」

「そ、それは……」

「綾麻呂は行蔵を襲うたのみならず、客人を拐かしおったのであろう。よからぬ思惑なくして及ぶ所業ではあるまいぞ」

「……ごもっともにございまする」

「全てが母親の指図としても、悪行に手を貸さば罪に問わねばならぬ。越中守の命におぬしを従わせるは私も業腹なれど、綾麻呂を捕らえるのだ」

「子は親を選べぬとは申せ、酷いことにございまする」

竜之介は切なげに呟いた。

「十七と申さば若い盛り。何も悪事を働かずとも……」

数え年は、子供が生まれた時点で一歳と勘定される。

意知と出会って早々に母親が懐妊し、翌年に綾麻呂が生まれたとすれば、当人が口にしていた数え年と辻褄が合う。

やはり、綾麻呂は田沼家の血を引いている可能性が高い。

そして母親は清志郎の知る限り、よほどの悪女であるらしい。

その人物について、竜之介は知らなければならなかった。

「兄上、そもそも山城守様は何故に、お忍びの旅になど出られたのでござるか？」

「平たく申さば、息抜きだ」

「息抜き?」

「慣れない大名暮らしは息が詰まる。旗本だった頃ならば少々羽目を外しても大事はなかったものをと、いつも私に愚痴っておられたゆえな」

「それでお供を……されど、江戸に戻られてから伯父上に大層叱られたのではございませぬか」

「言われるまでもない。怒髪天(どはってん)を衝(つ)くとは、あのことぞ」

清志郎は端整な細面をぶるりと震わせた。

「あれ程までにお怒りになられた伯父上のお顔を拝見したのは、後にも先にもその折のみであった。思い出すだけでも震えが来るわ」

「当然にございまするぞ」

竜之介は思わず呆れた声を上げた。

「面目ない……。時に竜之介、教えてくれぬか」

「何でございまするか、兄上」

「私には見当もつかぬことだが、おなごは憎き男と閨(ねや)を共にできるのか」

「わ、分かりかねまする」

唐突な問いかけに面食らいながらも、竜之介は正直に答えた。

世の中には掃いて捨てるほど転がっている話だろうが、風見家に婿入りして弓香と夫婦になるまで、女体を知らなかった竜之介である。

初めてだったのは弓香も同様で、余人には明かせぬ苦労も多かったが、元より二人は相思相愛。刃を交えた時と同じく手が合ったがゆえ、互いに馴染むのは早かった。

しかし、憎い相手と同じことができるとは思えない。奥方の静江の他には女人との接触がないであろう清志郎も、考えれば分かるはずのことだ。

「兄上、何故に左様なことをお尋ねに？」

「綾麻呂の母親と思しきおなごが、山城守様に惚れていたとは考え難いからだ」

「されど睦み合うたがゆえに、子を授かったのでございましょう」

「左様……山城守様が、そやつと同衾なされたのは間違いない」

言い辛そうに清志郎は呟いた。

外聞を憚る話なのは、元より竜之介も分かっていた。

一度きりしか明かさぬと、清志郎が前置きをしたのも当然だ。

それにしても、歯にものの挟まった言い方が過ぎる。

「兄上、はきと仰せになられませ」

竜之介の語気が少々強くなった。

旗本の住まいとしては小さめながら、それなりに部屋数のある屋敷だ。

声を張り上げるわけにはいかないが、この程度ならば別室で眠る清志郎の妻子には聞こえまい。そう判じた上でのことだった。

「山城守様は間違いのう、そのおなごと睦み合われたのでございましょう?」

「……無理無体に及びしことを、睦み合いとは申せまいぞ」

竜之介の剣幕に気圧（けお）されたのか、清志郎は迷いながらも、そう答えた。

「無理無体、にございまするか?」

たちまち竜之介の顔が青ざめた。

在りし日の意知は美男にありがちな驕（おご）りがなく、従兄弟とはいえ格の低い清志郎と竜之介にも気さくに接してくれたものだった。

あの笑顔の裏に、悪しき本性が潜んでいたとでも言うのか?

「まさか山城守様が、左様な真似を……」

「無礼なことを申すでない。無体をしおったのは、おなごのほうだ」

取り乱しかけた竜之介に、清志郎は慌てて告げた。

「さ、左様でございましたのか」

竜之介は安堵の息を漏らした。

それで話の前触れに、清志郎は妙なことを問うてきたのだ。

とはいえ、男女が逆ならば許される話ではないだろう。

「そもそも女の細腕でなし得ることではありますまいぞ」

「それが大した膂力（りょりょく）だったのだ」

「そのおなごと力比べでもしたのですか？」

「出会うた時のことだが、清水坂（きよみずざか）で大層な荷を担いでおった」

「大層とは、どれ程にございまするか」

「見かねた山城守様がお声をかけられ、私が代わりに担いだのだが、あと少しで腰の骨が外れてしまうかと思うたわ」

「大袈裟にございますぞ、兄上」

竜之介は疑わしげに清志郎を見返した。

端整な上に勉学にも秀（ひい）でている清志郎だが、武芸の腕前は並より低い。体力も十分とは言い難く、話半分で聞いても大袈裟としか思えなかった。

「そもそも、どのような女人なのですか」

「古の墳墓（ふんぼ）に近い庵（いおり）に住んでおった、源氏読みだ」

「源氏読み……」

竜之介の童顔が強張ったことに、清志郎は気づいていない。

「かの物語を読み解きて、講釈を致す者のことだ。賀茂真淵や本居宣長といった国学の先生方とは別物なれど、全文を諳んじるのみならず語ることにも長けておる。神君家康公は大坂城にて『源氏物語絵詞』をお手に入れられた時、源氏読みのおなごから講義をお受けになられたそうだ」

「……兄上」

「何としたのだ、竜之介」

「咲夜と申す源氏読みを、ご存じにござるか」

「咲夜だと」

今度は清志郎が驚く番だった。

「お、おぬしは何処でその名を聞いたのだ？」

「しかとは申し上げられませぬが、越中守様のお声がかりで都より招かれたとの由にございまする」

竜之介は戸惑いながらも、差し障りのないことだけを答えた。

御城中で見聞きをしたことは家族にも明かさぬようにと、多門の跡を継いで小納戸の御役に就くと同時に誓わされ、昇格して小姓となった後も改めて誓詞を入れた。

定信に大奥への出入りを許され、奥女中の嗜(たしな)みとして源氏物語の講義を受け持っている咲夜の件も、守秘すべきことの一つだ。

しかし、咲夜の行動には不審な点が多い。

去る六月に御城中で嘉祥(かしょう)の菓子に毒が仕込まれるという事件が起きた際、大奥警固の任に就いた弓香と悶着(もんちゃく)を起こした。動かぬ証拠こそないものの、悪しき企みに関与している可能性の高い女人であった。

「あの咲夜が何となされたのですか、兄上っ」

「……」

「お答えくだされ！」

「……そやつだ」

「えっ」

「山城守様を穢(けが)し、お子種を奪いおった無体なおなごとは、そやつのことなのだ」

「何と……」

竜之介は絶句した。

膝を揃えて座った体が、ぐらりと揺れる。

清志郎が明かした事実は、鍛えられた五体を以てしても耐え難いものであった。

六

「どないした咲夜、ぼーっとしよって」

「儲け損ねたて思いよりましてん……あーあ、江戸でお初の獲物どしたのに」

「何や、お前はんが引導渡したった、町方与力のことかいな」

「あの与力、結構なおたからを隠し持っとりましたやろ」

「せやったな。景光(かげみつ)の太刀だけは、わてが貰(もろ)たけど」

「ほんま兄さんはちゃっかりしてはるわ。ただで持っていきよって」

「ええやないか、一振りぐらい。他にも値打ちもんがあったんか？」

「備前もんでそこそこ出来のいいのが、何振りかおましたやろ。行き方知れずに見せかけていてこます前に、売っ払(ぱら)っとけばよかったですわ」

「あほ、そないなことしよったら足がついとったわ。せんで正解や」

「百両や二百両にはなりましたんやで……あー、惜しいことしてしもうたわ」

そんなことをさらりと口に上(のぼ)せる咲夜は、善人とは言い難い。

有(あ)り体(てい)に言えば、毒婦である。

綾麻呂が生まれても日々の暮らしに不自由をすることがなかったのは、咲夜が源氏読みとしての顔の裏で数々の分限者を騙し、金を巻き上げていたがゆえだった。

男を籠絡するのが、咲夜は上手い。

それも帯を決して解かず、舌先三寸で意のままに操る。

頭を丸める以前に破産させた騙りの相手は、男たちばかりではなかった。

咲夜の楚々とした姿には、女たちも憧れる。

その憧憬を餌にして巧みに本音を引き出し、それを強請りの種にする。

常に手を貸していたのが、年子の兄の木葉刀庵である。

「兄さん、軍資金はどないなっとりますの？」

「差し引きで一万両を超えたばかりや。松前の殿はんから追加でふんだくれても五千両がいいとこやろ」

「江戸に下った時の倍、上手くいっても三倍どすか。多いような少ないような……」

「隠し鉄砲の商いも打ち止めにせなあかんし、これ以上は増えんやろけど、お偉方に嗅がせる鼻薬としては十分や」

「大事に取っといとくなはれ。麻呂が越中守をいてこましても、罪に問われてもうたら終いですよってに。特に一橋の治済はしっかり抱き込まなあきまへんで」

「言われんでも分かっとるがな。軍師のわてに任せとき」

洛中で名の知れた太刀術の名手だったにもかかわらず、咲夜と手を組み、あくどい稼ぎを重ねてきた刀庵だ。

四十になった今は、上方で評判を取った太平記読みだ。

高座に登って太平記を語るばかりではなく軍学者としての貌も持つ。咲夜の軍師として下った江戸では京大坂と同様に盛り場の人気を攫う一方、大身旗本や在府の大名の屋敷に招かれて軍学の講義を行い、人脈を広げてきた。

刀庵と咲夜の両親は既に亡い。父親は昇殿など望むべくもない貧乏公家だが、母親は河内源氏の血を引いていた。

有名な源頼光の弟の頼信を祖とする河内源氏は、平清盛に敗れた義朝の遺児である頼朝が中心となって平家に立ち向かい、滅ぼして鎌倉に幕府を開いた、武士の本流と言うべき一族だ。

無二の名門の出としての自負が強い刀庵と咲夜は、源氏の末裔なのか定かではない徳川家を敬う気持ちは皆無。その徳川の家臣である旗本と大名に対しても、敬意など微塵も抱いていなかった。

さりとて、将軍職を奪おうなどとは考えてもいない。

咲夜も刀庵も源氏の嫡流と称して表舞台に立つには、重ねた悪事が多すぎる。後の始末は怠らずに来たものの、何の弾みで発覚するか分かったものではない。

綾麻呂の黒幕に徹し、陰で富と権力を得るのが安全。

そう割り切っている兄妹には、ひとかどの人物として世に出るだけの力量がある。

源氏読みも太平記読みも教養がなければできぬし、聴く者を魅了する語りは天与の才に修行で磨きをかけた賜物。

それも咲夜と刀庵にとっては、悪しき行いを隠蔽するための隠れ蓑にすぎぬのだ。

咲夜が望んで止まぬのは、再興というお題目の下で田沼家を乗っとること。

源氏とは縁もゆかりもない、成り上がりの家の跡継ぎに過ぎない意知に目を付けたのは、父親の意次に増して眉目秀麗な外見を欲したがゆえだった。

人は美しく見える存在を信じることを、咲夜は子供の頃から知っている。

綾麻呂を当主に据え、田沼家を我が物とした上で定信を失脚させた後、陰の女帝として幕府の実権を握ることが、悪しき企みの終着点だ。

「咲夜、麻呂の扱いは気ぃつけなあかんえ」

「何言うてますの兄さん。うちはあの子の母親どすえ？」

「せやったら目ぇ離さんとき。帰って来えへんやないか」

「あの子も若(わこ)うおますし、吉原にでも繰り込んだんですやろ」

「そんなら構(かめ)へんけど、兵法者を気取りよるのが心配なんや」

「たしかに、そないなとこもおますなぁ」

「どこぞで風見竜之介と出くわして、果たし合いなんぞされたらえらいこっちゃ」

「大事おまへん。あの子なら間違いのう勝てますわ」

「それは親の贔屓目や。麻呂には田沼の家督を継いで、越中守をいてこますまで無事でいてもらわなあかん」

「越中守なんぞ、ほんまは斬らんでもええんやけどなぁ」

「そないなわけにもいかんやろ。麻呂をその気にさせるには、あの堅物がお前はんの父様(ととさま)の仇(かたき)やて、吹き込んどくことが必要やったんや」

「そないなことは分かっとります。あの子の前で本音が出えへんように、うちもそう思い込むようにしてますもん」

「それでええんや。田沼家の再興と越中守への意趣返しは同時にやらんと意味があらへんからなぁ」

　定信の命を断つことが最後の仕上げと、咲夜と刀庵は綾麻呂に言い含めていた。

意趣返しなど本心ではどうでもよいが、そうしなければ田沼家の名を利用して幕府の実権を握るという、真の目的が成立しない。

　定信の幕政改革が長くは続かぬことと、刀庵は見越している。

　人は楽なほうへ流れることを快しとするのが世の常だ。厳しすぎる政策は遠からず破綻し、今は一部から出ているだけの批判が世間の総意となるであろう。

　その時が来るのを待って、綾麻呂に定信を討ち取らせるのだ――。

「とにかく兄さん、心配は程々にしとくなはれ」

「油断したらあかん。風見竜之介は侮れへんで」

「せやったら、いっそ先に始末してもうたらどうどす?」

「簡単に言うたらあかん」

「うちかて気にはしてましたんや。嫁の弓香は大奥で顔を合わせた時からうちのことを疑っとりますし、舅の多門もとぼけた顔して、侮れへん古狸どす」

「越中守に引導渡した後は、どっちみち始末せなあかんわな。せやけど三人まとめてとなると、わてが助太刀してもきついやろなぁ」

「あの子にせいぜい気張ってもらいまひょ。いよいよとなった時は、盾にしなはれ」

「麻呂を見殺しにする言うんか」

「人聞きの悪いこと言わんといておくれやす。子が親のために動くもんやって幼い頃から教え込んどりますし、いざとなったら喜んで死んでいきますわ」

咲夜は何食わぬ顔で呟いた。

たとえ綾麻呂が竜之介らと相討ちになって果てたとしても、田沼の家督を継いだ後ならば何とかなる。咲夜としてはできるだけ表に出たくはないが、意知と愛し合って綾麻呂を授かった身と名乗りを上げ、田沼家再興の旗頭となるつもりであった。意知と意次の無念を晴らすために綾麻呂を育てたと称し、あくまで孝女らしく楚々と振る舞うことで、世間の同情を集めればいい。

「我が妹ながら、おっかないおなごやな……」

「ふふ、今さら何言うてますの？」

思わず呟く刀庵に、咲夜は婉然と微笑み返した。

毒婦にして、下種と言うより他にない。

「せやな。毒を食らわば皿までや」

うそぶく兄の刀庵も、下種なのは同じであった。

妹の企みに手を貸しながら、悪しき野望を実現させようと企んでいた。

下谷七軒町の秋田藩上屋敷に拘束した太田南畝こと直次郎と植崎九八郎、恋川春町こと倉橋寿平を、刑死したと装って秋田藩領内で十年に亘って隠遁している平賀源内とまとめてオロシャに身柄を送り、女帝のエカテリーナ二世に献上して取り入ることが刀庵の真の目的だ。

それは日の本に鎖国を解かせ、西欧の列強諸国やエゲレスから独立したばかりの新国家メリケンに先駆けて交易の利権を独占しようと目論むオロシャを、更には蝦夷地の護りを代々課せられた松前家まで利用した陰謀であった。

藩主の松前道広は将軍家の支配を脱して蝦夷地を独立させるのみならず、オロシャに侵攻することを望んでいる。

この無謀な計画に刀庵は付け入り、協力すると装って松前の家中に入り込んだ上でアイヌの反乱を綾麻呂に煽動させ、更に調子づかせていた。

道広は自ら陣頭に立ち、反乱を鎮圧して完全に従属させたと見なしたアイヌの案内の下、オロシャに攻め込む計画を進めている。あらかじめ朝廷に根回しをし、蝦夷地ばかりか北の帝国であるオロシャの領土をも我が物にするつもりなのだ。

「兄さん、松前の仕込みは大事おまへんか？」

「心配せんとき。細工は流々いうやつや」

不敵に微笑む刀庵の狙いは、道広の企みに加担したと見せかけておいて土壇場で裏切り、討ち取った上で蝦夷地を治める権利を朝廷から賜ることだ。

幕府を軽んじながらも朝廷には臣従し、松前家から奪った蝦夷地を将軍家の支配に属さぬ独立国にして、オロシャとは不可侵の条約を結んで共存するのだ。

冬も凍らぬ湊を喉から手が出るほど欲して止まないオロシャが東北を含む近海各地に攻め入る邪魔はせず、かねてより漂流した漁民に日本語の指導をさせて進めてきた準備にも源内や直次郎ら優秀な人材を提供することによって協力し、代金と引き換えならば薪炭や水の提供も厭わぬ所存であった。

朝廷さえ認めてくれれば、将軍家の威光など屁でもない。

かつて刀庵は位の高い公家たちから汚れ仕事を請け負っていた。

公家の生まれとはいえ軽輩の刀庵だが、金ずくで人を斬らせた連中を脅せば朝廷に口を利かせるのは容易い。その上で綾麻呂を田沼家の新たな当主の座に就かせ、定信を追い落とせば、尚のこと申し分ないだろう。

綾麻呂を傀儡として田沼家の、ひいては幕府の実権を握った暁にはオロシャと手を組み、海外の各地に日の本の領土を広げさせる野望まで刀庵は抱いていた。

綾麻呂は元より秋田藩と松前藩も、刀庵にとっては手駒に過ぎない。

綾麻呂を蝦夷地に送り込み、アイヌの反乱を煽動させたのも計算の内だ。

松前藩の意を汲んだ商人の搾取にアイヌたちが苦しむ様を見せれば、純粋な正義感で立ち上がると見越してのことであった。

　性根が曲がっていないがゆえ、咲夜にとっては騙しやすい。

「ほんま、綾麻呂はええ手駒に育ってくれましたわ」

「これも山城守の種のおかげやなぁ」

「いややわ兄さん、うちの畑あってのことどす」

「そない言うて、山城守のことを懐かしゅう思い出したりせえへんのか」

「一遍たりともおまへんなぁ」

　刀庵の肩を揉みながら、咲夜は平然と答える。

　淡い灯火の下、口調に増して醒めた表情を浮かべていた。

「あー、ええ心持ちや」

「ほんまですなぁ」

　刀庵の無邪気な呟きに、咲夜は一転して微笑んだ。

　淫靡な香りの漂う一室で交互に体を揉み合いながらも、咲夜と刀庵が一線を超えたことは一度もなかった。

　禁忌を犯すのを恐れているがゆえではない。

　咲夜も刀庵も、己自身にしか興味がないのだ。

姿形まで含めてのことである。

されど鏡に写し、目で見るだけでは味気ない。

ゆえに酷似した体を互いにまさぐり、悦びを得ているのだ。

「そろそろ代わろか、咲夜」

「お願いしますわ、兄さん」

刀庵から促され、咲夜は布団に横たわる。

「お前はんは、ほんまにええ頭をしとるなぁ。触り心地も最高や」

「そらそうですわ。毎日手間を惜しまんと剃っとりますもん」

嬉々として坊主頭を撫でる手に指を絡め、咲夜はまた微笑んだ。

「もっとおつむを撫でとくなはれ、次はそう、そこですわ……」

香炉から漂い出る煙の下、喜悦の声が朱唇を衝いて出る。

盆明けの夜が更けゆく中、歪んだ営みは果てることなく続いた。

七

「咲夜めは眠気を誘う香を用い、山城守様の意識を奪いおったのだ。私には効き目がより強うなるように細工を施し、邪魔をされぬようにしおった上でな」

悔しげな清志郎の呟きに、竜之介は答えられない。

意知が受けた心の傷の深さを思えば、心が痛むばかりであった。

「山城守様が長らく御役に就かず、お部屋住みとして過ごしておられたことはおぬしも存じておるな」

「奏者番（そうじゃばん）になられたのが天明元年、三十三のお年でございました」

「苦い記憶から立ち直られるまでに、時がかかってしもうたのだ」

「されば、十年もお悩みに……」

「それ程までに深き傷を、咲夜めは山城守様のお心に刻みおったのだ。おなごというものが信じられなくなる程の痛手を……な」

「……咲夜めには必ずや、罪を償わせてご覧に入れまする」

決意も固く、竜之介は呟いた。

綾麻呂のことは、できれば救ってやりたい。

あの公達は、どこか竜之介と似ている。

背恰好（かっこう）が同じということだけではない。

二人は泰平の世に生を受けながら、戦うために育てられた者同士。

竜之介は田沼家のために。

綾麻呂は、母親のために。

そのことに、綾麻呂は何の疑問も持ってはいないのだ。

哀れなものである。鬼気はあれども邪気のない、あの公達に竜之介は同情を覚えずにはいられなかった。

ゆえに、どうあっても咲夜は許せない——。

「したが竜之介、罪に問うのは容易なことではあるまいぞ」

固い決意に水を差すかのごとく、清志郎が呟いた。

「咲夜めは越中守のお気に入りなのであろう。そもそも江戸に招いて大奥に出入りをさせておるのは、あやつという話ではないか」

「咲夜が綾麻呂の母親と知るに及べば、庇い立てはなされますまい」

「されど越中守は筋金入りの頑固者。しかも伯父上をいまだ憎んでおるのだ。おぬしが諫言(かんげん)に及んでも、聞き入れるであろうか？」

「………」

端整な細面を曇らせた清志郎を前にして、竜之介は答えられない。

そこに思わぬ相手の声が聞こえてきた。

「案ずるには及びませんぞ、清志郎さん」

のんびりとした響きながら、貫禄のある声だった。

「何奴！」

清志郎が帯前の脇差に手を掛けた。

同時に部屋の障子が開き、一陣の風が舞い込んだ。

「ご免」

凛とした声が聞こえた瞬間、清志郎は右の手首を制されていた。

捩じり上げただけではない。手の甲を押さえ、的確に自由を奪っている。

「そ、そなたは弓香殿」

「ご無礼をお許しくだされ、義兄上様」

驚く清志郎に詫びた声の主は女人であった。

装いは、墨染めの筒袖と野袴。濡れ縁で履物を脱いできたらしく、凛々しい男装をしていながらも白い素足がなまめかしい。

手首の拘束を解かれた清志郎は抗うことなく、半ばまで抜いた脇差を鞘に納めた。

「それでええんじゃ清志郎さん。生兵法は大怪我の基じゃよ」

無言でへたり込む清志郎に、最初の声の主が福々しい笑顔で告げる。先んじて跳びかかった竜之介の貫手を制し、仕掛けた右腕ごと締め上げていた。

「いきなり目潰しとはやり過ぎじゃよ、婿殿。もう少しで可愛い孫の顔が拝めんようになるところじゃったわい」

「義父上!? 弓香まで、いつの間に?」

「無礼と承知でお邪魔をさせて頂いた。婿殿の帰りが余りに遅いものでのう」

驚きを隠せぬ竜之介を解き放ち、風見多門は微笑んだ。娘の弓香と同じ筒袖と野袴を小太りの体に纏っている。

「失礼をつかまつりました。お前さま、お怪我は大事ありませぬか」

弓香は多門の傍らに膝を揃え、淑やかに頭を下げる。

「竜之介、お二方に席をお譲り致せ」

自らも脇へ退く清志郎の細面に、もはや怒りの色はなかった。

八

「左様な次第であったのか。されば、わしらにも手伝わせて頂こう」

清志郎から一部始終を聞き終えて、多門は迷わず申し出た。

「私もお手伝いを致しまする」

竜之介に寄り添っていた弓香も、すかさず多門に首肯した。

「ご隠居も弓香殿もお待ちくだされ」

慌てて清志郎が声を上げた。

「もはや隠し立ても叶わぬと思うて打ち明けは致したが、貴公らが何もそこまで」

「田沼のお家のお世話になったのは、当家も同じじゃ」

清志郎に皆まで言わせず、多門が口を挟んだ。

「お止めくだされ、義父上」

堪らず竜之介は弓香を押しのけ、二人の話に割って入った。

「いやいや婿殿、これは見て見ぬ振りができることではあるまいよ」

「何故でございまするか？」

やんわりと言い返されても屈せず、竜之介は多門に食い下がった。

「どうやら覚えておらぬようじゃな」

多門は苦笑交じりに呟くと、竜之介に問いかけた。

「お前さんを初めて風見の家に招いた時、わしはこう言うたはずじゃ。当家は主殿頭様のみならず、先々代……おぬしにとっては祖父上に当たる意行様からも、過分な教えを受けて参った、元より田沼のお家には謝意しか抱いておらぬ、とな」

「……忘れてはおりませぬ」

「さもあろう。お前さんと弓香の馴れ初めでもあるからのう」

「父上」

「ははは、何も恥じることはあるまいよ」

福々しい顔に笑みを浮かべる多門の傍らで、弓香は頰を染めて俯く。竜之介も童顔を赤くしたまま、二の句が継げなくなっていた。

「さて、清志郎さん」

若い夫婦の微笑ましい様を見届け、多門は清志郎に視線を戻した。

「お前さんが山城守様のことを、いまだ大切に想うておる気持ちは分かる。斯様な話を血を分けた弟の婿殿のみならず、わしらにまで明かしなすったのは苦渋の末のことにござろう。この白髪頭を下げただけでは済むまいが、平にご容赦願おうぞ」

「ご隠居殿、頭を上げてくだされ」

多門に平伏された清志郎は、戸惑いながらも呼びかける。

「されば、ご無礼ついでに意見をさせて頂こうかの」

面を上げた多門は、じっと清志郎を見返した。

「謹んで承り申す」

応じて頷く清志郎に、多門は語り始めた。

「山城守様の目覚ましいご出世ぶりを、清志郎さんはどのように思われるかね」

「どのように、と申されますと？」

「悪しきおなごの幻影を振り払うただけで、あれ程のご栄達は叶うただろうか」

「……三十三で奏者番になられるまで、悩み抜いておられたのは事実にござる」

「されど、そこから先は早かったじゃろ」

「左様。同じ年に播磨守のご官位も合わせて授けられ申した」

「明くる年には山城守に改められ、次の年には奏者番から若年寄に、それも主殿頭様と同じ奥勤めにご就任……類稀なるご出世と申すより他にあるまい。そもそも十九のお年には従五位下、大和守になっておられたゆえな」

「真に凄いお方だったのですね、お前さま……」

「私と同役の水野忠成殿は当年二十八だが、いまだ大和守だからな……」

弓香と竜之介が囁き合うのをよそに、清志郎は無言で耳を傾けていた。

もはや多門に対し、含むところは見受けられない。

我が子の出世を自慢するかのごとく滔々と、意知の華やかな出世ぶりを語ってみせたからである。

剽軽な顔立ちをしていながら切れ者の多門だが、既に七十を過ぎている。単に記憶力が良いだけで、赤の他人のことを明瞭に語るのは難しいはずだ。

多門は清志郎に劣らず、意知を大事に想っている。意次についても同様に若かりし頃から晩年に至るまで、詳細に話をすることができるのだろう。

思えば多門は小納戸として、中奥に長らく出仕をしていた身。意次の父親の意行が小納戸頭取だった時の配下であり、跡を継いだ意次の下でも働いていた。意知が出世を重ね、時の将軍であった家治公から辞令を受ける場面も間近で喜ばしく思いながら見ていたのだろう。

なればこそ我がことのごとく、嬉々として語ることができるのだ――。

「あれ程のご出世は、よほどの励みがなくばなし得ぬよ」

「ご隠居殿は、その励みとやらをご存じでござるのか？」

思い出話を締め括った多門に、清志郎は身を乗り出して問いかけた。

「おなごじゃよ、清志郎さん」

「は？」

「山城守様はのう、おなごたちに救われたのじゃ」

「ご側室の方々に、でございまするか」

「それは申すに及ばず、ご正室の内助の功もあってのことじゃよ」

「いや、恐れながらそれはござるまい」

「分からぬか。お前さんもまだまだ若いのう」

言葉を選びながらも異を唱えた清志郎を、多門は苦笑交じりに見返した。

口ぶりとは裏腹に、清志郎を馬鹿にしている様子はない。

続けて語る言葉にも、侮る響きはなかった。

「清志郎さんはわしらが推参(すいさん)する間際、山城守様はおなごというものが信じられなくなってしもうたと言うておられたじゃろ」

「左様にござるが、違うと申されますのか？」

「お言葉なれど見当違いじゃ。山城守様はご側室は元より、ご正室を心から慈(いつく)しんでおられたからのう」

「ご側室の方々については申される通りかと存じまするが、ご正室とお仲が良かったとは申し難いかと……」

「清志郎さんは何故、左様に思うのじゃ」

「山城守様が千代田の御城中にて凶刃に見舞われし折、ご正室様は事もあろうに芝居見物に出かけておられましたゆえ……」

　言い難そうにしながらも、清志郎は多門に答えた。

　若年寄となった意知が下城する際に凶刃を浴びせられ、致命傷となる深手を負ったのは五年前、天明四年の三月二十四日のことだった。

　手を下したのは、本丸御殿の警備を御役目とする新番士の佐野政言（まさこと）。通称を善左衛門（ぜんざえもん）という五百石の旗本で、意知と八つ違いの二十八歳。意知の死亡が公表された翌日の四月三日に評定所で切腹を申し渡され、その日の内に刑を執行されている。

「あの日は呉服橋のご本家のみならず、隣に屋敷を構え居りし御用絵師の狩野（かのう）家でも朝から凶兆（きょうちょう）が見受けられたのですぞ。それを意に介さず芝居芝居とは、ご無礼なれど良妻とは申せますまいぞっ」

「ああ、朝餉の飯が血のごとく、赤う（あこう）見えたという話じゃな」

　語気を強めた清志郎に、多門はやんわりと応じた。

「あれは根も葉もなきこと、それこそ真っ赤な偽りじゃよ。騙されてはいかんぞ」

「真っ赤な偽り、と申されましたか」

「その通りじゃ」

「ご隠居殿は何故に、そう言い切れるのでござるか」

「出所を突き止め、成敗してやったからの。これなる弓香も手伝うてのことじゃ」

「子細は申せませぬが、かねてより田沼のお家のご繁栄を妬んでおった者どもが吹聴したことにございまする」

多門の答えを受け、弓香が口を挟んだ。

「何と……」

驚いたのは清志郎だけではない。

「それは真か、弓香？」

つぶらな瞳を更に丸くした竜之介が、弓香に問う。

「他にも主殿頭様と山城守様の御政道を妨げんと、悪しき所業をなしていた者どもにございまする。万死に値する輩なれば、斬るに迷いはございませんでした」

「左様であったか……」

愛妻の言葉に、竜之介は救われた面持ちで呟いた。

五年前の事件を機に、田沼家は凋落の一途を辿っている。

その始まりとなった意知の死を惜しむ声は少なく、武家を含む世間の人々の殆どは嘲笑を以て応じ、葬列に石を投げられた程であった。

清志郎が言いかけた、事件の当日に意知の正室が芝居見物に出かけた一件も、非難の的となったことの一つである。

「山城守様のご正室が時の老中首座、松平周防守様のご息女であられたことは清志郎さんもご存じじゃろ」

「元より承知しており申す」

「わしは御役目柄、周防守様と日頃から接させて頂いておっての、御用繁多なお立場にもかかわらず、わしら下つ方にも親しゅうお声をかけてくださったものよ」

「……慈しみ深いお方であられたことは、仄聞しておりまする」

「可愛がっておられた鶴が死んだ折に世話係の家来を庇い、千日目のことなれば是非に及ばずと申されたことじゃろ？　他にも色々な話を直に拝聴しておるぞ。もちろん自慢ではなく、周防守様にとっては当たり前のことというお口ぶりであったがの」

「その娘ごなれば、悪妻ということはあり得ぬと？」

「他ならぬ山城守様が言うておられたからの」

落ち着きを取り戻した清志郎に、多門はしみじみと語って聞かせた。

「芝居見物と申さば大奥のお歴々を初め、男日照りのおなごどもが血道を上げることの定番と見なされがちじゃな。贔屓の役者を眺めるのもさることながら、美々しく着飾りて桟敷に陣取ることが、何とも快いらしいのう」

「私には何が楽しいのか、まるで分かりませぬが……」

「そなたはそれで良いのだ」

首を傾げた弓香に、竜之介が小声で告げる。

娘夫婦の仲睦まじさをよそに、多門は清志郎に問いかけた。

「清志郎さん、山城守様が左様なおなごどもに、少しでも気を惹かれなすったことはあったかのう」

「私の知る限り、左様なことはござらぬ」

「そうじゃろう、そうじゃろう」

「されば何故、ご正室様には芝居見物をお許しに？」

「女狐どもを黙らせるための一手じゃよ」

「女狐、にござるか」

「婿殿は知っての通り、奥勤めは大奥とも関わりがある御役目じゃ。堅物の越中守様と違うて主殿頭様は手慣れたもので、山城守様もまたしかりであられたが、それでも苦言を呈しすぎれば反感を買う。父子揃うて美形であられたのは女どもを御する上で有利なこととなれど、ひとたび敵に回れば恨みも深いものじゃ。自分たちに向けられた笑顔は全て偽りだったと思い込むからのう。そこで山城守様が案じなすった一計がご正室様に奥女中どもより華美な装いをさせ、芝居見物に送り出すことだったのじゃ」

「左様なお考えがあってのことだったのでござるか……」

「おかげで多くの奥女中が自信を失うて芝居町通いを控えるようになったが、中には負けじと張り込む愚か者も居ったゆえ、浅慮な策だと山城守様は主殿頭様からお叱りを受けておられたがの」

「……おなごの扱いは、げに難しいものでござるな」

「ははは、良妻に恵まれた清志郎さんは知らずとも良いことじゃ」

しみじみと呟いた清志郎に、多門は笑顔のままで語った。

「上つ方の内助の功には、様々なことがあるんじゃよ。ご正室が悪妻ではなかったと申したのが偽りではないと、得心してくれたかの？」

「心得違いにござった。お許しくだされ、ご隠居様」

多門に向かって頭を下げる、清志郎の態度にもはや疑念はない。

風見家が田沼家の理解者であると確信するに至り、心から謝意を示していた。

「されば清志郎さん、わしらに任せて貰うても構わんかの」

清志郎が面を上げるのを待って、多門が話を切り出した。

「……咲夜の始末、にござるか」

「あの毒婦とは因縁があっての、いずれやり合わねばならぬ相手だったのじゃ」

「とは申せ、相手取るのは至難にござろう」

「元より承知の上じゃよ。婿殿と伍する手練が息子とあれば、容易ではあるまい」

「それも山城守様のお血筋なれば、どうしたものかと……」

清志郎は痛ましげに呟いた。本音では綾麻呂を生かしたいのだ。

「斬らずに済ませたいと思う気持ちは、わしも同じじゃ。婿殿も左様であろう？」

「はい」

話を向けられた竜之介が頷いた。

「されど父上、相手は尋常ならざる腕前にございまするぞ」

堪らず弓香が口を挟んだ。

「もちろん分かっておる。婿殿の受けし傷を見る限り、わしとおぬしの三人がかりでなくば生け捕るのは難しかろうよ」

「卑怯なことやもしれませぬが、総がかりで参るより他にございませぬ」

弓香の口調に迷いはない。

大事な夫にこれ以上、怪我をさせたくないのだろう。

思うところは多門と清志郎も同じであった。

「清志郎さん、ここまで話せば察しがついたであろうがの、わしらは影の御用を仰せつかる身の上じゃ」

「……竜之介も、でござろう」

多門の告白を受け、清志郎が問い返す。

「流石は血を分けし兄上、その通りじゃ」

隠すことなく多門は言った。

「実を申さばおぬしの弟ごを風見の婿に迎えたのは、当家のじゃじゃ馬と手が合うたことだけが理由に非ず。いずれ上様の御目に留まり、わしらと同様に密命を下されるに相違ないと見なせばこそでな。婿殿、気を悪くせんでくれよ」

「滅相もありませぬ、義父上」

黒目勝ちの双眸を向けた多門に、竜之介は迷わず答えていた。

多門が秘事を清志郎に明かしたのが、こたびの一件が田沼家の名誉に関わるがゆえであるのも承知している。

こちらを信用した以上、清志郎は影の御用について余人には明かすまい。

その信頼に応える術は、綾麻呂を生かすこと。

それは竜之介が個人としても、切に願うことであった。

九

西ノ丸下の役宅では、松平定信が眠れぬ夜を過ごしていた。

「覆水盆に返らずと申すが、光忠は元の鞘に返ったのう……」

独り寝の床の中で呟いたのは竜之介は元より、家斉も与り知らぬ事実だった。

定信が竜之介に説教を終えた後、綾麻呂に両断されてしまった御刀の替えを与えたのは、慈悲の心があってのことではない。

竜之介は定信がいまだ憎んで止まずにいる、田沼意次の甥に当たる。

子供は親を選べぬ以上、親類縁者との血縁も生涯続く、
個人として好もしいと思っても、田沼の一族である限りは許せない。

二度まで命を救われた恩義があっても、定信は竜之介に甘い顔ができぬのだ。

家斉が竜之介に下げ渡すと言い出した備前の古刀を密かにすり替えたのも、それゆえのことであった。

将軍家の所蔵する太刀や刀は槍などの長柄武器と共に、刀剣奉行が管理する。

竜之介が成敗した悪旗本の屋敷から無事に回収され、刀剣奉行の管理の下で研ぎに

出されて戻った時の御刀は、間違いなく本物だった。

それを定信は自ら受け取り、あらかじめ用意していた偽物とすり替えて家斉の御前に持参。気づかれぬまま竜之介に下げ渡させたのだ。

定信が吟味の末に選んだのは、末備前の中でも上出来の一振り。

刃文も姿も素人目には判じ難い、光忠作の本物と寸分違わぬ出来映えだった。

白河十一万石の大名にして老中首座を務める定信といえども、高価な古刀を安易に購入する程の余裕はない。

まして、今は多くの旗本と御家人が生活苦に喘ぎ、札差から借金を重ねなくては日々の暮らしも成り立たぬ状況なのだ。

ゆえに定信は手間を惜しまず、大金を投じずとも手に入る、数打ちの末備前から替え玉にふさわしい一振りを選び出した。刀屋への手配を命じた側近の水野為長にさえ事実は明かさず、個人として買い求めると偽ってのことであった。

かくして定信が選び抜いた一振りを家斉は疑うことなく下げ渡し、影の御用に行使される得物として、竜之介の左腰に収まった。

田沼憎しの定信も、早々に損ねてしまえばいい、とまでは考えていなかった。

竜之介の剣の技量は本物であり、刀も偽物とはいえ末備前の逸品だ。

よほどのことがない限り、不覚を取るには至るまいと見なしていた。

その一振りが、脆くも両断されてしまったのである。

あくまで表向きは本物の拝領刀として、処理をしなくてはならない。

刀剣奉行はともかく将軍家御抱えの本阿弥家の者たちの目に触れれば、たちどころに偽物と看破されることだろう。

事実を隠蔽するための打つ手は、既に考えてある。

二度と使い物にならなくなった偽物は定信が謹んで処分したと家斉に報告し、了承を得るつもりである。竜之介の出仕を差し止めたのは、家斉が要らざる疑念を抱いて直々に追及するのを避けるためであった。

その竜之介に今宵、定信は本物の御刀を渡した。

予備の偽物があったとしても、同じことをしただろう。

相手は竜之介と互角の技量を持つ、泰平の世には稀なる手練。

しかも得物は、景光作の太刀であるらしい。

口先ではないことは、偽物とはいえ定信が太鼓判を捺した一振りを両断してのけた事実からも明らかだ。

遣い手の技量が同等ならば、勝負を分けるのは得物の出来だ。

竜之介に再び偽物を与えれば、次の勝負で命を落とすは必定。

あの男を死なせたくはない。

竜之介でも危うい強敵が現れたと知るに及んだ時、定信は即座にそう思ったのだ。

ゆえにこたびは小細工をすることなく、主君の私物と思い込んでいる為長に渋々ながら運ばせた、本物の御刀を与えたのだ。

二度と不覚を取らぬように、胸の内で願った上の計らいである。

それが己の本音なのだと、今や定信は認めざるを得なかった。

「死に急ぐでないぞ、風見……」

ぼそりと呟き、定信は目を閉じる。

寝所を兼ねた私室の周囲に、人の気配は皆無である。

番士たちは見回りを終え、既に詰所へ引き揚げた後だった。

誰もいない屋敷の庭を、柿渋色の忍び装束を纏った男が駆け抜けていく。

「越中守様も真の鬼ではなかったようだな……」

その男――服部次郎吉が覆面の下で微笑んだのは、外へ抜け出した後のこと。

わざわざ忍び装束に着替えて出直したのは竜之介に替えの刀を与えるという、定信のらしからぬ行動の真意を探るため。家斉から下げ渡された御刀が偽物だった事実を匂わせる呟きのみならず、思わぬ本音まで耳にしたのは、全くの偶然であった。

「風見竜之介、おぬしは命冥加だぞ」

一声呟き、次郎吉は闇の向こうに走り去る。その足取りは軽やかだった。

第三章　至宝は我が家

一

弓香と多門に肩を支えられ、竜之介は風見家の屋敷に戻った。

泥のごとく眠りに落ちて程なく、夜が明けた――。

「殿様、殿様」

愛妻が呼ぶ声で目を覚ましたのは、屋敷の奥に設けられた夫婦の私室。

「そなた……早いな」

竜之介が驚いたのも無理はない。朝に弱い弓香より先に起床して茶を煎じ、目覚めの一服を振る舞うことを風見家に婿に入って早々から常としてきた竜之介が、初めて逆に起こされたのだ。

「傷は痛みませぬか」

気遣うように告げながら、弓香が竜之介の左手を取る。

「大事ない。すぐ元通りになると倉田が請け合うてくれたよ」

「何よりにございました」

謝意を込めて答えた竜之介に、弓香は微笑む。

深い眠りに落ちている間に替えてくれたらしく、さらしが新しくなっていた。本職の医者並みの腕を持つ十兵衛に劣らず、きっちりと巻かれているのは平山行蔵の母親から抜刀術を伝授された際に柔術を併せて修め、人体の造りを学んだ成果だ。

「くれぐれもご無理をなさらないでくださいましね。貴方の弓手は馬手に等しいものにございますゆえ」

「かたじけない」

竜之介が武家に生まれた身にあるまじき左利きである事実を、弓香は初めて会った時から知っている。それと承知で屋敷に連れ帰り、多門に引き合わせたのだ。

風見の鬼姫と異名を取った男勝りの女剣客も、今や一児の母である。独り身の頃は屋敷でも男装で過ごしていたのが一転し、裾長でお引き摺りと呼ばれる旗本の奥方の装束が様になってきた。竜之介との仲は、子が生まれても変わらずに睦まじい。

「おかげでよう眠れたぞ……今日は良き日和（ひより）のようだな」

竜之介は布団の上で体を起こし、心地よさげに呟いた。

部屋の障子は開かれており、縁側から吹き寄せる風は爽やかそのもの。

それにしても、朝にしては日射しが強い。

「時に、今は何刻（なんどき）だ？」

「あと四半刻（しはんとき）もすれば、四（よ）つ半にございまする」

笑みを絶やすことなく弓香は答えた。

「何っ」

竜之介は即座に立ち上がった。

全身に残る疲労も忘れ、ばねのごとく跳び起きていた。

「そなた、何故に起こさなんだのだ!?」

らしからぬ焦りを露わにしたのも、無理はあるまい。

竜之介は御役目に就いて以来、一度も遅刻をしたことがなかった。

将軍付きの小姓は定員の三十名が三つの組に分かれ、一つの組を控えとして隔日で千代田の御城に出仕する。

中奥に泊まりの当番が明けると半日の休みで、明くる日は朝四つ半——午前十一時までに登城。本丸玄関内の下部屋に全員が揃うと中奥へ移動し、前日の当番から御用を引き継ぐ。御城中で働く他の役人と比べて緩やかな勤務の体系だったが、竜之介は上役の小姓頭取を含めた面々よりも先に登城するのを常としてきた。

半年前に奥小姓に抜擢されてから、急に始めたことではない。

風見家に婿入りし、義理の父親となった多門の跡を継いで小納戸の御役目に就いた一年半前、己に課した習慣だった。

その時、定信は既に老中首座であり、奥勤めを兼任していた。

竜之介が切望する田沼家の復権には、定信の同意が不可欠だ。

いくら家斉の御気に入りになろうとも、将軍補佐でもある定信が意次のことを蛇蝎のごとく嫌い、死した後も憎み続けている限りは話にならない。

ゆえに竜之介は耐えてきたのだ。新入りの奥小姓としてこつこつと無遅刻無欠席を続ける一方、本来は家斉の御上意によってのみ行われる影の御用を定信が独断で命じ始めても異を唱えず、危険な役目を果たしてきたのだ。綾麻呂に御刀を両断されてしまった件に限っては定信の計らいが功を奏し、家斉に事の次第を知られずに済んで幸いだったが、家斉の専横ぶりには腹に据えかねることも多かった。

されど、文句を言うわけにはいかない。

田沼家の復権は竜之介の悲願だ。

その実現に必要である以上、耐え忍ぶより他にない。

敬愛する伯父の意次から全てを奪った元凶が相手であろうと逆わず、日々の御用に真摯（しんし）に勤（いそ）しまねばなるまい——。

そう心に誓って続けてきた、地道な努力が水泡（すいほう）に帰してしまったのだ。

「落ち着いてくださいませ、殿様」

「これが落ち着いていられるかっ」

笑顔のままで告げる弓香を、竜之介は重ねて叱りつけた。

間違いであってくれればいいが、弓香の時間の読みは正確だ。

産んだ子を自ら育てたいと主張して乳母を雇わず、小刻みに乳を欲しがる赤ん坊と半年余りも向き合ってきたからだ。

「とにかく、急ぎ参るぞ！」

慌てふためきながらも身を翻（ひるがえ）し、枕元の乱れ箱に手を伸ばす。

「む!?」

竜之介のつぶらな瞳が動揺に揺れる。

畳んで置かれていた着物は出仕用の熨斗目ではなく、屋敷内でくつろぐ際の常着(つねぎ)である木綿物。帯は腰に馴染んだ角帯だ。

見れば部屋に備え付けの衣桁(いこう)には、肩衣も半袴も掛けられてはいない。

朝に弱い弓香だが、夫の身の回りの世話は人任せにせず一手(いって)にこなす。出仕のための着替えも抜かりなく、前の夜の内に調えておいてくれるのが常だった。

綾麻呂との戦いで傷を負った竜之介は、ただでさえ万全と言い難い状態だ。

馬を操る右手の傷は浅いので疾風に乗るのに障(さわ)りはなさそうだが、交代の刻限まで四半刻、わずか三十分では間に合わない。多くの人が行き交う江戸市中で馬を早駆けさせるのは、将軍家御直参の旗本といえども許されぬ行いだ。

「お忘れにございまするか、お前様」

竜之介の焦りをよそに、弓香が落ち着き払って告げてきた。

「何のことだ？　それよりも、熨斗目を早(はよ)う！」

「当分は出仕に及ばずとの、越中守様の仰せなのでございましょう」

「えっ」

「昨夜の道すがら、私と父上に申されていたことですよ」

「さ、左様であったな……」

定信から命じられたことを思い出した途端、竜之介の全身から力が抜けた。

二

廊下を渡り来る足音が聞こえてきた。

「おお婿殿、お目覚めじゃな」

「だぁ」

多門と虎和の声である。

「虎や、父上にご挨拶せい」

「うきゃ」

福々しい笑顔を浮かべた多門の腕の中、虎和はご機嫌だった。

むっちりした手足をばたつかせ、竜之介に向ける笑顔が愛くるしい。

竜之介と弓香が授かった、風見家の長男は生まれて八月(やつき)。産声を上げたのが大晦日なので満七ヶ月だが、ついこの間まで寝返りを打つのに一苦労していたとは思えぬ程に成長著しい。

多門は竜之介に歩み寄り、赤ん坊を抱き取らせた。

竜之介は布団の上にあぐらを搔き、そっと我が子を座らせた。

「あぶぅ」

「おう、おう、いい顔をしておるわい」

「真でございますねぇ」

父親の股ぐらにちょこんと座り、にこにこする様に多門と弓香は目を細める。

立つにはまだ早い頃だが、這うことができるようになった赤ん坊は座らせても体がぐらつくことはない。近頃は腹を畳につけたまま腰を捻り、肘と膝を使って前に進むことまで始め、武術の手練揃いの竜之介らは、柔術の寝技から逃れる動きのようだと感心させられたものだった。

「はぷ」

竜之介が撫でてやっていると、虎和が指先に吸いついた。

「殿様」

すっと弓香が竜之介に躙り寄り、虎和を抱き取った。

「しばし失礼を致しまする」

多門と竜之介に断りを入れ、背を向けて座った弓香は胸元をくつろげる。

「うきゃ、うきゃ」

豊かに張った乳房を前にして、虎和は嬉しそうに声を上げた。

虎和は生まれて半年を過ぎた辺りから弓香の乳だけではなく、粥を中心とした食事も摂っている。

重湯を皮切りに茹でてすりおろした芋や菜っ葉、とろとろに煮て柔らかくした饂飩や麸、豆腐なども食べられるようになってきた。匙で掬って口元に運んでやると際限なく欲しがるため親馬鹿ならぬ祖父馬鹿の多門も節度を心がけ、後で腹痛を起こさぬ程度に加減をして与えていたが、母乳は別腹であるらしい。

「んく、んく」

虎和は一心に吸いながらも、片方の胸に這わせた左手を離さない。いずれ弟か妹が生まれても、母の膝と乳房を容易には明け渡すまいという気概が感じられた。

「ふふっ」

あどけなくも貪欲な乳飲み子の姿を、弓香は微笑みながら見守る。

「我が子ながら、欲深きことでございまするな」

「ははは、親が親じゃからのう」

竜之介の呟きに、多門は明るく笑って答える。

多門が言う通り、独占欲が強いのは弓香も同じであった。

旗本の家では母親は生まれて初めての乳を与えるのみで、後の授乳と育児は乳母に任せるのが常識。正室に限らず、側室が産んだ子も同様に扱われる。

しかし弓香は乳母を雇うことを頑なに拒み、虎和を自らの手で育ててきた。

竜之介と多門が主張を認めた上のことである。

弓香自身は生まれて早々に母親を亡くしたため、今は女中頭となっている篠の乳を飲んで育ったが、虎和は違う。

丈夫で乳の出も良いのに、なぜ赤の他人に任せなくてはならぬのか？

そう言われればもっともなことだと竜之介は弓香の主張を受け入れ、元より多門も異を唱えはしなかった。

「このまま育てば、虎はわしらより強うなるやもしれぬな」

母子の姿を目の当たりにした多門が、目を細めて呟いた。

「左様に願いたいものでございまするな」

「案ずるには及ばんよ。おぬしらの子なれば、自ずとそうなるだろうて」

相槌を打った竜之介に、多門は満面の笑みで応える。

他の旗本の舅と婿ならば、このようなやり取りはすまい。

そもそも赤ん坊に乳を毎日、奥方が自ら与えること自体が珍しいのだ。

風見家が世間から常識知らずと言われるのは、今に始まった話ではない。

何しろ泰平の世で実戦に通用する武術を会得すべく血道(ちみち)を上げ、代々の旗本でありながら御家人の平山家に教えを乞い、鬼姫と恐れられた家付き娘が自分より強い殿方でなければ婿に迎えたくはないと、公言して憚らずにいた一家なのだ。

泰平の世の常識にそぐわぬ身なのは竜之介も同じである。風見家ではなく別の旗本の婿になっていたら、さぞ肩身の狭い思いをさせられたことであろう。

弓馬刀槍(きゅうばとうそう)が名実共に武士の表芸だったのは過去の話。当節は直臣も陪臣(ばいしん)も歌舞音曲をこぞって習い、腰の刀は鞘から抜き差しするのも満足にできず、刃筋を立てて斬る術を知らない。斬れぬのならば棒を帯びているに等しい、二本差しならぬ二本棒だと町人に馬鹿にされる始末だった。

技量もさることながら心構えができていない以上、質素倹約と共に武芸を奨励する定信が幕政改革の一環として、無理やり学ばせても意味はあるまい。そんな武士とは名ばかりの家で暮らすことなど、竜之介には無理な話だ。

風見家の在り方は、当節の武士らしからぬ竜之介にとって好ましい。多門にとっても理想の婿であり、弓香と知り合ったのは、まさに渡りに船であった。

「されば婿殿、何から始めると致そうかの」

多門はひとりごちると、竜之介に問いかけた。

「手伝うて頂いても宜しゅうございますのか、義父上？」

「当たり前じゃ。これは田沼のお家のみならず、わが家の命運も左右する大事であるからのう。手負いの婿殿一人に任せてはおけぬわい」

多門は苦笑交じりに、恩着せがましく告げてくる。

福々しい顔に似合わぬ態度を前にして、竜之介は思わず微笑んだ。

「ん？　何か妙なことを言うたかの」

「滅相もない。いちいちごもっともにございまする」

「さもあろう、さもあろう」

多門は満足そうに頷いた。

「何事も当家のため、ひいては可愛い孫のためなれば、遠慮は無用じゃ。婿殿が出仕に及ばぬとなれば又一らも手が空くゆえな、総出で手伝わせると致そうぞ」

「恐れ入りまする」

笑顔のままで頷く竜之介は、多門の態度が建前に過ぎないことを知っていた。

打算ずくで行動する者たちは、薄汚れた本音を巧みに隠す。

そして媚びる相手が力を失うや、露骨に態度を変えるのだ。

田沼家に対する世間の扱いを思い起こせば、自ずと分かることである。

意知の横死を機に田沼家の威光が陰りを見せ始め、ついに意次が失脚すると、殆どの人々は田沼家を見限った。

一代にして栄華を極めた意次に群がり、権勢にあやかろうとしていた大名と旗本は早々に掌を返し、華やかな時代を満喫していた町人は浅間山の大噴火に端を発した米不足の元凶を意次と意知の父子と見なし、意知の葬列にこぞって石を投じたばかりか意次の失脚と前後して大店を襲い、米や金品を奪う打ちこわしに走った。

貧すれば鈍するのが人の常とはいえ、何と浅ましいことか。何と情けないことか。

世間の醜さに竜之介が絶望し、一時は死を望んだのも無理はあるまい。

そんな竜之介を多門は救ってくれたのだ。

「けぷっ」

虎和が可愛らしい声でげっぷをした。

「さ、もう一遍ですよ」

弓香は膝の上に虎和を立たせ、小さな背中を軽く叩いてやっている。赤ん坊に乳を飲ませた後にげっぷをさせるのは、吐き戻すのを防ぐために欠かせぬことだ。

「けぷ」

「おう、おう、いつもながら愛い響きぞ」

「ふふ、真にございまするな」

揃って視線を向けた多門と竜之介は、朗らかに微笑み合う。もはや多門も建前など口にせず、好々爺らしい態度に戻っていた。

打算ずくであるのなら、そもそも竜之介には洟も引っかけなかったことだろう。

竜之介は意次の甥の中でも格の低い、分家の次男坊である。もしも田沼家が復権を果たしても、見返りなど期待できぬのは誰の目にも明らかだ。

にもかかわらず多門は親族の反対を押し切ってまで、竜之介と弓香を添わせた。

御役目を継いだばかりの頃に意次の父親で小納戸頭取だった意行の教えを受け、後に意次からも指導を受けた恩返しというだけの理由で婿に迎え、人の親として生きる喜びを与えてくれたのだ。

小姓から老中に成り上がった意次の配下として働いた者は数多い。上は大名から下は御家人に至るまで数多の士が教えを受け、公の務めの場に限らず私的にも親しく接してきたが、その中に多門のような人物は他にいなかった。

意次が失脚するや大名も大身の旗本も田沼家との婚姻や養子縁組を解消し、恩恵に与った微禄の旗本や御家人は知らぬ顔を決め込んで、累が及ばぬように息を潜めた。

風見家に恩を返さねばならぬのは、竜之介のほうである。

田沼家が復権する力にならんと欲する、竜之介の気持ちはいまだ変わらない。

その前に婿として、父として、この家を護りたいと切に願って止まずにいた。

「殿様、お食事をお持ち致しました」

敷居の向こうから、訪いを入れる声が聞こえてきた。

お膳を前にして三つ指を突いていたのは、新入りの女中の花だ。

「わしが申しつけておいたのじゃ。腹が減ってはいくさができぬからのう」

「大殿様が仰せの通りにございます。さぁ、たんと召し上がってくださいまし」

多門の尻馬に乗り、いそいそと敷居を越える花は十九歳。同じ信州の山村で育った中間の左吉と右吉とは同い年で、茂七より二つ上である。

四人が生まれた村は風見家代々の知行地に属しており、若い村人は江戸に呼ばれて何年か屋敷勤めをするのが習わしだ。二歳上の双子の兄弟は無口な働き者だが同い年の花と茂七は些か不躾で、竜之介に恋心を抱く花は隙あらば話しかけ、歓心を買おうとするのが常だった。

あわよくば側室に、というつもりらしいが、それを見逃す弓香ではない。

「殿様、お傷は痛みませぬか？　宜しければ、私にお箸を……」

注意しながら躙り寄る、弓香の動きは機敏。

お引き摺りの長い裾をものともせず、胸に抱いた虎和の体を揺らすことなく、一瞬にして花との間合いを詰めていた。

「奥方様？」

並外れた動きを目の当たりにして、花は驚きを隠せない。郷里の村で男の子どもをものともせず、茂七を子分にしていたお転婆娘も、風見の鬼姫と恐れられた弓香の前では形無しだった。

「殿様のお世話は私の役目。そなたは早う台所に戻り、お篠の手伝いをなさい」

「ぶー」

有無を許さず命じた弓香に続き、虎和が頰を膨らませる。

「し、失礼を致しまする」

花は一同に頭を下げると、肩を落として立ち去った。

「お花は世話焼きが過ぎるな。私が幾ら童顔でも、子供扱いをすることはあるまい」

苦笑交じりに呟く竜之介は、若い女の下心に全く気づいていない。

「家中の躾が行き届かずに申し訳ありませぬ」

「少々図に乗って参ったようじゃな。折を見て、わしからも言うておこう」

弓香と多門は阿吽の呼吸で竜之介に告げる。

「ああ、お花の顔を見て思い出したぞ」

奥方と隠居の配慮に気づかず、竜之介が再び口を開いた。

「何でございまするか、殿様？」

「血相を変える程の話ではない。茂七につけてやっておる稽古のことだ」

堪らず腰を浮かせかけた弓香に、竜之介は穏やかな面持ちで言った。花のお節介が阻まれたのを幸いに箸を進め、既に食事を終えていた。

「何でも茂七は若党になりたいそうだ。そのことはどうかと思うが、いざ鎌倉という事態とならば中間にも武芸の心得は欠かせぬゆえ、稽古だけは続けさせてやりたい……。義父上、この傷が治るまで代稽古をお願いできまするか」

「お安いご用じゃ」

「されば、私は花に薙刀を教えることに致しましょう！」

笑顔で請け合う多門に続き、弓香が勢い込んで申し出た。

「いや、そこまではせずとも良いぞ」

思わぬ反応に戸惑いながらも竜之介は言った。

「いえいえ、おなごと申せど家中の護りであるのに変わりはございませぬ。あの娘は足腰が丈夫な上に気も強うございますゆえ、少々きつう致しても障りはありますまい」

「だぁ」

言い張る弓香を応援するかのごとく、膝に座った虎和が声を上げる。

「うーむ」

竜之介は思案した。

たしかに弓香の言うことは正しい。滅多に起こり得ぬ事態とはいえ、万が一にも江戸が戦火に見舞われた時のことを思えば女中にも武芸を仕込み、家中の護りを厚くするに越したことはないだろう——。

「相分かった。そなたがそこまで申すのならば任せようぞ」

「しかと承りました」

竜之介から言質を取り付け、弓香は莞爾と微笑んだ。

風見家の女たちの密かな戦いを、竜之介はまだ知らない。

三

深い眠りから目を覚ましたのは、木葉刀庵も同じだった。

江戸に下って一年が過ぎても刀庵は決まった住まいを持たず、今は下谷七軒町の秋田藩上屋敷に綾麻呂と共に寄宿していた。

「あー、よう寝たわ」

井戸端で髭剃り(ひげそ)と洗顔を終えた刀庵は、心地よさげに伸びをした。

寝間着の白衣の襟をくつろげ、下駄を突っかけている。

安眠の源は、妹の咲夜と戯れながら堪能した眠り香だ。

十七年前に意知を前後不覚に陥らせ、過ちを犯させた魔性の香りも、耐性がついた者には気分を安らかにする効果をもたらす。異国でオピウムと呼ばれる阿片(あへん)のような中毒性のない眠り香は、二つの貌(かお)を使い分ける兄妹に欠かせぬ癒しとなっていた。

「今頃になって起床か。結構なご身分だな」

手ぬぐいで顔を拭いていると、背中越しに険(けん)を含んだ声が聞こえてきた。

気配を殺し、刀庵の背後に立っていたのは羽織袴を着けた武士。刀庵の部屋の襖の陰に身を潜め、咲夜とのやり取りを盗み聞いていた若い男である。

「おや、その声は主水殿か」

とげとげしい態度に気分を害した様子もなく、刀庵は笑顔で向き直った。

刀庵が京言葉を用いるのは、気を許せる者が相手の時だけだ。

あれから西ノ丸下の定信の役宅に戻った咲夜も、大奥の女中相手に源氏物語の講義を行う際は折り目正しく、武家言葉で話すのが常である。それは刀庵が表向きの生業にしている、太平記語りにおいても同様だった。

「何が主水殿か。だらしのない」

「これは失礼。寝起きなれば勘弁なされよ」

敵意を交えた相手の言葉を、刀庵は笑顔で受け流した。

「主水殿はお見回りか？　雑作をかけて相すまぬな」

「世辞など要らぬ。おぬしらが連れ参った厄介者を取り返さんと押し入られては御上の威信に関わるゆえ、仕方なくやっておることだ」

御上といえば将軍のことだが、大名の家臣は主君をそのように呼ぶ。

「まぁまぁ、左様に申されるな」

つれなくされても刀庵は意に介さず、笑みを浮かべたまま主水を見やる。

「昨夜は私と妹のことまで気に懸けてくれたようで、かたじけのうござったな」

「何のことだ」

「おや？　襖越しに気配を感じたのだが、気のせいであったかな」

「左様であろう。おぬしの部屋になど、拙者が好きこのんで近づくものか」

とぼける刀庵に、主水は憮然と答えた。

しかし平静を装いきれずに一瞬、表情が強張ったのを刀庵は見逃さない。

小野田主水は江戸詰めの秋田藩士だ。

当主が不在の上屋敷を預かる留守居役の平沢常富は上役にして剣術の師で、主水は公私共に知遇を得ている常富から、刀庵らの監督役を任されていた。

元より武骨な質の主水だが、相手が佐竹家に正式に迎えられた客分であれば、非礼な態度など取りはしない。

招かれざる客であるがゆえ、自ずと邪険にせずにはいられないのだ。

そんな主水の胸の内を、刀庵は先刻承知の上。

分かっていながら若い主水をおちょくって、楽しんでいるのである。

「私の勘も鈍ったか。ははは、年は取りたくないものだな」

何食わぬ顔でうそぶくと、刀庵は踵を返した。

その背に向かって、主水が告げる。

「待て。おぬしに客人だ」

「客、にござるか？」

刀庵は再び主水に向き直った。

「玄関先にて待たせてある。話は直に聞くがいい」

答える主水は相も変わらず、憮然とした面持ちであった。

こたびは偽りを言っているわけではないらしく、日に焼けた精悍な顔からは不快な感情しか見て取れない。

「その者の用向きは何でござろうか、主水殿」

刀庵は真面目に問いかけた。

「掛け取りだ」

「掛け取り？　左様な者になど心当たりはござらぬが……」

「おぬしではない。綾麻呂だ」

「麻呂が!?」

「おぬしも世話の焼ける甥を持ったものだな」

戸惑う刀庵に憮然と吐き捨て、主水は歩き去った。

四

千代田の御城の中奥では、家斉付きの小姓たちが引き継ぎを終えたところだった。

引き継ぎを終え、詰めるのは御休息の間だ。

将軍が一日の大半を過ごす、居間と寝室を兼ねた広い座敷は、敷かれた畳の高さで上段と下段に分けられている。当番の小姓たちは下段の間に膝を揃えて待機し、将軍の求めに応じて御用を務める。

本日出仕した小姓は、竜之介を除く九名。

小姓頭取の金井頼母も含めた頭数である。

通常は十名が二組となって交替で御用を務め、頭取の頼母も片方の組に加わるため半刻ごとに休憩できるが今日は八名の配下を半数ずつに分け、両方の組に加わって目を光らせなくてはならない。手が空いている時ならば小休止ができるとはいえ、還暦を過ぎて久しい老体には難儀な話だった。

「おぬしたち、ちと席を外すぞ」

頼母がゆるゆると膝を進め、御休息の間を後にした。

がらんとした座敷に遺された小姓は岩井俊作、高山英太、安田雄平の三名のみ。

いま一人の小姓である水野忠成は、御台所の茂姫と中食を摂るために大奥へ渡った家斉に御刀持ちとして付き従い、いまだ戻りそうになかった。

「金井の爺さん、大儀そうだな……」

恰幅の良い俊作が心配そうに呟くと、

「全くだな。頭取ともなれば足高に加えて年に百両の役料を受け取れると申せど、楽な勤めではあるまい」

痩せぎすの英太が同情を込めて続ける。

肩をすくめる雄平は、英太ほどではないものの細身で華奢。

「気の毒なれど致し方なかろう」

体つきはそれぞれ違うが、いずれも美男。しかも大名や御大身の旗本の子息と家柄も良い。小姓の中でも頼母や竜之介のように足高を必要としない、良家の御曹司たちであった。

「時にご同輩、風見の件は聞いたか」

「もちろんだ。越中守様が小納戸頭取の杉山殿に通達なさるのを盗み聞きしおった茶坊主を高見が締め上げ、余さず白状させたそうだ」

英太に問われて俊作が答え、

「生田は御数寄屋坊主から訊き出したらしい。袖の下をせびって参ったのを逆にやり込めてのことだと言うておった」

雄平が皮肉な笑みと共に付け加えた。

「坊主どもには良き薬であろう。我ら小姓が風見に茶を煎じて貰うようになってから一服も所望せぬのを逆恨みしおって、風見の件を大名どもに吹聴しようと企みおったのだからな」

太い腕を組んで俊作が言った。

「危ういところであったのう。左様なことにならば風見は元より、上様まで御面目を潰されておったぞ」

英太がしみじみと呟けば、

「高見と生田が越中守様にご報告申し上げたとのことゆえ、大事には至るまい。越中守様のきついお叱りを受ければ、坊主どもも少しは大人しくなるはずだ。いい気味ぞ」

雄平は肩をすくめて笑う。

「それにしても妙な話だ。試し斬りをし損じて、事もあろうに上様より御拝領の御刀を損ねてしまうとは、風見らしからぬことだと思わんか」

「たしかに妙だのう。巻き藁は斬り損のうても曲がるだけで、鞘に戻しておけば自ずと形が戻るらしいが……」

俊作と英太が首を傾げていると、

「何でも兜割りを試みてのことらしいぞ」

雄平が思わぬことを言い出した。

「兜割りだと？」

「風見め、無茶をしおって……」

驚きに目を丸くする俊作の傍らで、英太が呆れ交じりに呟いた。

「弘法も筆の誤りというやつだろう。風見らしからぬことだがな」

雄平は肩をすくめながらも、いつもの皮肉な笑みは浮かべていなかった。

小納戸から抜擢された当初は白い目で見られていた竜之介も、小姓となって半年が過ぎた今は同役の面々に認められ、頼りにもされていた。

「全く持って困ったことだ……あやつが居らんと美味い茶が飲めぬばかりか、上様の御相手がまともに務まるのが大和守殿だけになってしまうではないか」

「その通りぞ。剣術の御稽古は申すに及ばず、打毬の御相手も我らでは役不足であるのが明白だからな」

英太のぼやきを受け、俊作も恰幅の良さに似合わぬ弱音を吐く。

「いつまでも放ってはおけまい。折を見て越中守様に嘆願致そう」

雄平は皮肉屋らしからぬ、真摯な面持ちで二人に告げた。

「おぬしたち、余計な真似を致すでないぞ」

そこに厳しい声が割り込んだ。

「と、頭取様」

「いつの間にお戻りになられましたのか？」

たちまち俊作と英太が狼狽える。

しかし雄平は臆することなく、頼母と視線を合わせた。

「お言葉にござるが、その儀ばかりは首肯致しかねまするぞ」

「……本気で申しておるのか、安田」

しばしの間を置き、頼母が問う。

「無論にございまする、頭取様」

「差し出がましいことを言うでない。風見の処分は越中守様のご裁可であるのだぞ」

日頃は丸まりがちな背筋を伸ばし、雄平に向けた視線は眼光鋭い。歴代の将軍付きの小姓として五十年、御役目一筋に務めてきた貫禄は伊達ではなかった。

　されど、雄平は怯まない。

「元より承知にございまする」

「黙りおれ、安田」

「頭取様もご存じのはずですぞ。風見が伯父ごの仇と言うべき越中守様に認められんと己を殺し、日々の御用に精勤致しておったことを」

「おぬし……」

「如何に越中守様のご裁可と申せど、こたびの始末は横暴に過ぎまする。速やかなる撤回を嘆願致したく頭取様にお口添えを、伏して願い上げまする」

　絶句した頼母にそう告げるなり、雄平は頭を下げた。

　平伏より浅い礼とは言え、名目だけの上役に過ぎぬと常々軽んじていた頼母に頭を下げるとは、いつもの雄平ならばあり得ぬことだ。

　本気で竜之介を案じていなければ、ここまですまい。雄平と日頃からつるんでいる二人も、奮い立たぬわけにはいかなかった。

「そ、それがしからも願い上げまする」

「右に同じにございまする！」

いまだ緊張を隠せぬ俊作に対し、腹を括った英太は語気も鋭く頼母に迫る。

三人揃って頭を下げられ、もはや頼母は一言も返せない。

「頭取様、お答えくだされっ」

「や、安田に同じくにござる」

「頭取様、お答えを！」

三人組の嘆願は、根負けした頼母が首を縦に振るまで続けられた。

上の御鈴廊下は中奥と大奥を繋ぐ、将軍専用の通路である。

御用を仰せつかった小姓と小納戸も立ち入りを許されているものの、みだりに足を踏み入れるのは御法度だ。大奥の出入口である御鈴口は尚のこと警戒が厳しく、将軍の他には奥勤めの老中など幕閣の限られた者たちと、齢を重ねた奥女中が頭を丸めて務める御伽坊主だけであった。

「越中め、許せぬ」

昼なお暗い廊下を渡り、中奥に戻り行く家斉は見るからに不機嫌だった。真の理由を明かされることなく竜之介の出仕を定信に差し止められ、訳が分からぬまま不満を募らせていた。

「余が若年であるを幸いに好き勝手をしおって、あやつのしかめっ面を思い出すだけでも腹立たしいわ」

「……」

憤慨する家斉の後に従うのは御刀持ちの大和守こと、水野忠成のみである。

「大和、そのほうも左様に思わぬか」

家斉がおもむろに問いかけた。

「……御意(ぎょい)」

一瞬だけ迷ったものの、忠成は首肯した。

警固役を兼ねた御刀持ちの小姓は常に御側近くに控え、将軍が大奥へ渡る際にも御鈴口まで付き従う。

同じ組に属する竜之介と二人で御刀持ちを仰せつかるのが常だが、落ち度を咎めた定信が奥勤めの権限を以て出仕を差し止めたため、今日は出ずっぱりとなっていた。

竜之介の件を別にしても、定信は小姓衆の受けが良くない。

表詰めの役人たちも同様で、老中首座に就任して二年目を迎えた定信の強引な姿勢に不満の声が高まりつつあった。

誰よりも快く思っていないのは、身内でもある家斉だ。

「いつまでも余が大人しゅうしておると思うでないぞ越中め、二十歳となりし暁（あかつき）には全ての任を解き、御用済みにしてくれるわ」

「上様……」

「そのほうも力を貸すのだぞ、大和」

「上様？」

「そのほうは余の片腕となるにふさわしいと見込んでおる。いきなり老中や若年寄に取り立てる訳には参らぬが、決して悪いようには致さぬぞ」

「お、恐れ入りまする」

捧げ持った家斉の佩刀（はかし）を傾げぬように気を付けつつ、忠成は謝意を述べる。

「もちろん風見も無下（むげ）には致さぬ。あやつは出世など望まぬだろうが、代わりに田沼の家を盛り立ててやる所存だ」

「ま、真にございまするか!?」

「余に二言はない。そのほうも水野の家名を高めるのみならず、亡き主殿頭と山城守に報いるために精進致せ」

「しかと肝（きも）に銘じまする」

声を潜（ひそ）めながらも決意を込め、忠成は答えた。

五

吉原の二階見世では、綾麻呂がいまだ目を覚まさずにいた。

「麻呂、早う起き」

朝寝と呼ぶには遅すぎる惰眠を遮ったのは、頭上から聞こえてきた京言葉。

「……あっ、伯父はん」

「伯父はんやあらへんやろ。付け馬なんぞ寄越しよって」

「何ですの、それ」

「知らんかったんかい」

きょとんと綾麻呂に見返され、刀庵は呆れ声で言った。

「とにかく勘定は済ませといたさかい、早うしい」

「すんませんなぁ」

綾麻呂は頭を掻きながら腰を上げた。

「主さま、きっと裏を返しておくんなし」

遊女は澄ました顔で手を振って、綾麻呂を送り出した。

昼を過ぎたばかりの吉原は、夜の喧騒(けんそう)とは別世界。

のんびりとした空気が漂う通りの片隅では、猫がひなたぼっこをしている。

初秋の穏やかな日射しの下、刀庵の愚痴はいまだ止まずにいた。

「とんだ散財させよって……今は鐚銭(びたせん)一枚かて惜しい時やて常々言うとるやろ」

「堪忍しとくなはれ、伯父はん」

「お前はんも、もう十七や。遊ぶのは構(かめ)へんけど、懐具合をよう確かめてからにせなあかんて教えたやないか」

「酒も料理も頼まんかったし、二分(ぶ)もあれば十分やろ思いましてん」

「お前はんが抱いたんは昼三(ちゅうさん)言うて、揚げ代だけで三分かかるんや。他にも見世には心づけを渡さなあかんし、一両でも足らへんのやで」

「そないにかかりますの？」

「島原(しまばら)かて似たようなもんや。お前はんに筆おろしをさせたときはわてが出したったけど、結構な物入りやったんやで」

「重ねがさね、すんません」

「まぁ、ええがな。次からは気い付けや」

　そんなやり取りをしながら二人は見返り柳の脇を通り過ぎ、日本堤を歩いていく。行く手に山谷堀が見えてきた。

「早う乗り」

「こん船を借りてきはったんどすか……」

　船着き場に降りた二人が乗り込んだのは係留された中でもとりわけ目立つ、黒塗りの屋根船。

　秋田藩主の佐竹家が江戸で所有している、お抱え船だ。

「ほな、行くえ」

　刀庵は自ら竿を取り、屋根船を河岸から離す。

　装いは着流しに黒紋付き。

　帯前には脇差に添え、使い込まれた扇子を差している。

　太平記語りとして高座に上る時の姿であった。

「そないな形で遊廓なんぞに出入りしはって宜しいんどすか、伯父はん？」

「あかんことはあらへん。ええ広目になるがな」

「広目？」

「芸を打って身を立てるにはな、触れ回ることが大事なんや」

「木葉刀庵いうたら、もう江戸でも有名なんですやろ」

「まだまだや。儲けは一文でも増やさなあかん」

「そない稼いでどないしますの」

「わての夢は大きいよってな、元手は幾らあっても足らへんのや」

器用に船を操りつつ、刀庵は微笑んだ。

竿を櫓に持ち替えて、漕ぎ進める内に機嫌が直ったらしい。

屋根船に乗っているのは、刀庵と綾麻呂の二人のみ。

邪魔者がいないとあって心置きなく、刀庵は京言葉を用いていた。

「ええ日和やなぁ」

総髪を川風になびかせ、刀庵は心地よさげに呟いた。

「ほんまどすわ」

綾麻呂もくつろいだ面持ちで相槌を打つ。

膝元には自身の太刀の他に、刀庵が帯びてきた刀が横たえられていた。

綾麻呂は知らないことだが、かつて咲夜が亡き者とした町方与力一家の亡骸を始末する際にせしめ、太刀の拵を外して刀のものに取り替えた一振りである。

名前を変え、浪人あがりの太平記読みを装って生きる刀庵は日頃は刀を帯びることなく過ごしており、事ある際も腰にすることなく提げて出る。

移動に船を用いれば持ち運びに不自由はないため、珍しく腰にしたのだろう。

「新しいお差料どすか、伯父はん」

「そん刀はな、咲夜から貰たんや」

「お母はんから？」

締まり屋の母らしからぬことだった。

「ははは、珍しいこともあるもんやて思たやろ」

「図星ですわ」

悪びれることなく綾麻呂は答えた。

それにしても、長い刀だ。

鞘の上から見ても刃長は二尺五寸、約七十五センチに達している。

並より背の高い刀庵が帯びるにしても、長すぎると言わざるを得まい。

「ところで麻呂、ゆんべはどこ行っとったんや」

船足を緩めることなく、刀庵が綾麻呂に問いかけた。

「どこって、吉原ですわ」

「その前に誰ぞとやり合うたんやろ。水干に返り血の跡があるやないか」

「……」

大川に出た屋根船の周囲に、他の船影は見当たらない。

綾麻呂は無言で視線を巡らせると、余人の耳目がないことを確かめた。

「すんまへん、伯父はん。片がついたら話そ思て、黙っとりました」

「何や、そない大層な相手とやり合うたんか」

「風見竜之介はんどす」

「……ほんまか」

櫓を押す刀庵の動きが止まった。

「何ですの伯父はん。そない驚きはって」

「……当たり前やろ。いつの間に風見と会うたんや」

「昨日のお日さんが暮れる間際どす。お屋敷の門前で張り番をしたはりました」

「お前はんから声をかけたんか？」

「連れてはった雷電いう名の紀州犬が、ええ毛並みをしてましたよって」

「たまたま出くわしたいうことかいな……因果なことやな」

「違いますわ。風見はわての臭いを犬に辿らせはったんですわ」

「何の臭いや」

「何とは言うてはらしまへんでしたけど、わてが平山行蔵を斬った後、血脂を拭いたんをほかしてきた懐紙しか思い当たりまへん」

「お前はんの汗の臭いで、佐竹の上屋敷を突き止めよったんか」

「ほんま大した犬ですわ」

「感心しとる場合やあらへんやろ。わても咲夜も知らんとこで、危ない橋渡りよってからに」

「わては無事ですよって、心配せんとってください」

「そない言うたら、傷は負うてへんようやな」

「怪我をしはったんは竜之介さんだけですわ。刀も半分にしてしもたけど……」

「流石と言いたいとこやけど、万が一のことがあったらどないするんや」

「伯父はんがお気に病みはることはありまへん。竜之介はんとは、ほんまにええ勝負をさせてもらいましたよって」

「どういうことや、麻呂」

思わぬ答えに戸惑った様子で、刀庵は問い返す。

「風見竜之介はわてと手の合う、ほんまもんやったということどす」

「麻呂……」

「あれから夢にまで出てきはって、何やもう、勝っても負けても構わんいう気持ちになってしもて。一日も早よ、また竜之介はんとやり合いたいどすわ」

綾麻呂は答えながら歓喜していた。

かつて刀庵が見たことのない、晴れやかな笑顔だった。

刀庵は無言で屋根船の中に入ってきた。

「どないしはったんどすか、伯父はん？」

我に返った綾麻呂に、刀庵は自身の差料を指し示した。

「麻呂……これを受け取り」

「伯父はんのお差料を？」

「早う取り」

「へ、へえ」

有無を許さぬ気迫に圧(お)され、綾麻呂は刀を手に取った。

「抜いてみるんや」

促されるままに鯉口を切り、鍔元(つばもと)近くの刀身を露(あら)わにする。

「これは……」

綾麻呂の太刀と同じ、景光の作だった。

しかも奇妙なことに、一頭の竜が鍔元から顔を出している。

「磨り上げられる前に彫られたもんやろ。柄ん中に隠れとったんが、刃長が短うなりよったんで顔を覗かせとるんや」

「……覗き竜、いうことどすか」

「言い得て妙やな。その通りや」

「見事なもんどすわ。彫りもんも、刀ん出来も……」

「気に入ったみたいやな」

感心しきりの綾麻呂の反応に、刀庵は気をよくしたらしい。

「麻呂、お前はんが遣たらええ。拵は刀やけど立派な太刀や」

「わてに呉れはるんどすか」

「もっと喜びや。同じ景光でもお前はんの太刀は若作やろ？　そっちは年季の入った一振りやさかいな」

「そない大事なもんを、どないして……」

「お前はんには、どないしても風見竜之介を倒して貰いたいからや」

刀庵は微笑みながら綾麻呂に告げた。

「腕前が互角やったら、後は得物の出来次第やないか。お前はんに折られよった刀の替えに風見がどんだけのもんを用意したとこで、この景光の覗き竜さえあれば勝ち目はあらへん」

「せやけど伯父はん、わてには長すぎまへんか」

「そんだけ間合いが広うなるやろ。お前はんは間違いのう有利やで」

「……たしかに言わはる通りどす」

「お前はんの手の内と体の捌きなら、長い刀身かて短う扱える。もちろん刃長は変わらんよって、定寸しか帯びられへん風見より有利いうことや」

「あり難く遣わせて頂きますわ、伯父はん」

綾麻呂は鞘に納めた刀を横にすると、目の高さに持ち上げて一礼した。

吹っ切れた面持ちとなったのは、浮かれた気分が鎮まったがゆえのこと。

風見竜之介が手の合う相手である前に、母と伯父の行く手を阻む、排除しなければならない存在であることを思い出したのだ。

「あんじょう頼むで、麻呂」

「任しとくなはれ」

刀庵から念を押され、答える声にも迷いはなかった。

六

屋根船は両国橋の手前で、大川から神田川に入った。

綾麻呂は先に船を降り、下谷七軒町の秋田藩上屋敷に戻った。

「お早いお帰りだな、おぬし」

潜り戸から門の内に入るなり、綾麻呂は険（けん）を含んだ声で呼びかけられた。

「おや、主水はんやおへんか」

「遊興の費えを伯父に払わせるとは、良いご身分だな」

「いけず言わんといておくれやす。ほとぼりをさますんも兼ねてのことですわ」

「ほとぼりだと」

「手強（てごわ）い相手とやり合いましてん」

「何者だ、そやつは」

「主水はんは知らへんでええことどす。ほな」

「待てっ」

悠然と歩き出した綾麻呂を主水は追った。

綾麻呂が若い旗本と共に出かけたことは、既に門番から報告を受けていた。

しかし、斬り合いに及んだとまでは聞いていない。

まして相手が秋田藩と因縁のある、田沼意次の甥とは思ってもいなかった。


秋田二十万五千八百石の秋田藩上屋敷は、当主が不在であった。

藩主の佐竹義和は当年十五歳。いまだ少年の身ながら先代藩主で実父の義敦が四年前に急逝した後を受け、名門の当主としての重責を担っていた。

春が過ぎ、梅雨も明けると諸大名はそれぞれ国許に帰参し、江戸詰めの藩士たちが主君の留守を預かる。佐竹家も例外ではなく、秋田の地に戻った義和は有為の人材を育てるための藩校の創設の準備に余念がなかった。

藩主が不在の上屋敷を仕切る、佐竹家の留守居役の名は平沢常富。

能吏であると同時に狂歌師の手柄岡持、戯作者の朋誠堂喜三二としても世間に名を知られた、多芸多才な人物だ。

常富の余技は、文芸だけには留まらない。

婿入りして家督を継いだ平沢家は室町の末の伊勢国に端を発する、古流剣術の陰流を伝承する一族である。

平沢家の祖は陰流を創始した愛洲移香斎久忠の子で、二代宗家の愛洲元香斎宗通である。この宗通が得意としたと伝えられる抜刀術を常富は受け継ぎ、武士ならば屋内でも帯びたままでいて差し支えのない脇差を活かした、相手の不意を衝く一手として密かに用いていた。

中食を終えた常富は午前に引き続き母屋の内に設けられた用部屋に詰め、留守居役としての執務に勤しんでいた。

「お留守居役様」

廊下に面した障子の向こうから、耳慣れた声が聞こえる。

「主水か」

「急ぎお知らせ致したき儀がございますれば、お人払いを」

「心得た」

障子越しに答えると、常富は同席していた下役に目配せをする。

幕府の役人や他の大名家との折衝を役目とする留守居役は、元より密を要することを扱っている。書類の作成や資料の収集に従事する下役も佐竹家中の秘事をおおむね知ってはいたが、全てを把握している訳ではない。

常富が腹心にして陰流の弟子でもある主水を使役し、解決すべく手を尽くしているのは、同じ家中の士もいまだ知らない醜聞だった。

常富の命により、用部屋とその周囲から全ての者が立ち去った。

「主水、入れ」

「ご無礼をつかまつりまする」

二人きりとなった用部屋で、常富と主水は向き合った。

「……綾麻呂が田沼主殿頭の甥と、刃を交えたとの由にございまする」

主水は上座の常富に躙り寄り、声を潜めて告げていた。

「主殿頭の甥とな?」

「風見竜之介と申す、上様付きの奥小姓にございまする」

「……あの者か」

「ご存じにございましたのか」

「江戸家老に成り代わり、千代田の御城中に上りし折に見かけた。茶坊主どもの噂話によると父親は主殿頭の末の弟、それも田沼の先々代が女中に産ませた隠し子だったそうだ。主殿頭が立場を失うて罷免されたが、奥右筆を務めておったという」

「その倅が、奥小姓となったのでございまするか」

「風見の家に婿入りし、まず就いたのは小納戸だ。泰平の世には稀なる手練との評判を聞きつけた上様が御気に召され、取り立てられたとのことだ」

「その評判は拙者も存じております。ゆえに綾麻呂から名を訊き出し、急ぎお知らせに参った次第にございまする」

「大儀であった。して何故、その両名がやり合うたのだ」

「木葉刀庵が企てに合力した綾麻呂の臭いを犬を遣うて辿り、ご門前にて張り込んでおった風見に、それと知らずに声をかけたそうでございまする」

「相手は綾麻呂を曲者と承知で追って参ったゆえ、あやつから近づいたのはもっけの幸いだったということか。愚かな……」

　話を聞き終えた常富は、眉間に深い皺を寄せた。

「風見は綾麻呂に手傷を負わされた由なれば、しばらくは戦えますまい」

「甘いぞ主水。旗本どもが惰弱揃いと申せど、伊達や酔狂で泰平の世には稀なる手練と呼ばれるはずがあるまいぞ。その気になればすぐにでも、再び相まみえようぞ」

　若い配下を叱る口調も、表情に違わず手厳しい。

「も、申し訳ございませぬ」

「かくなる上は速やかに再戦に及ばせ、風見に引導を渡させるのだ」

「仰せのままに取り計らいまする」

「行け」

険しい面持ちを崩さぬまま、常富は主水を退出させた。

「……」

一人きりになった用部屋で、常富は溜め息を吐く。

「忌々しい田沼の一族め、まだ災厄を招き足りぬと申すのか……」

怒りを込めて呟いたのは、常富を悩ませている秘事だった。

秋田藩が生前の意次に強いられ、百万両を預らざるを得なくされたのは、亡き先代藩主の佐竹義敦が原因。

絵を好んだ義敦は家中の士で画才に秀でた小野田直武を寵愛しており、主君の男色趣味の発覚を恐れた重役たちは、直武に詰め腹を切らせた。

この事実を意次は探り出し、義敦の醜聞を公表しない代わりに、隠し金の百万両を藩領内の廃坑に埋めさせたのである。

その意次も松平定信に取って代わられ、謹慎に処されたまま昨年に亡くなった。

意次を喪った田沼家は凋落したまま復権する兆しもなく、それでいて秋田藩に百万両を返納させようとはせず、存在すら知らぬ様子である。

ということは、あの百万両は意次個人の隠し金。

横取りしても構うまいと常富ら重役たちは判断し、意次が十年前に命を救い、番人として差し向けた平賀源内も口封じを兼ね、亡き者にしようと画策していた。

源内は直武の絵の師匠であると同時に、かの『解体新書（かいたいしんしょ）』の挿絵（さしえ）を直武が任されるように取り計らった身。

義敦と直武の秘めた仲を知られている可能性もあるだけに、百万両を奪うと同時に口を封じなくてはなるまい――。

国許の重役と連携している常富は、咲夜と刀庵のことも信用してはいなかった。

不幸中の幸いで、百万両の存在は悪しき兄妹に知られていない。

「綾麻呂が風見と相討ちにならば、儂（わし）と主水に勝機があろう……」

いずれ自らの手で始末をつけるべく、常富は時が満ちるのを待っていた。

七

それから数日が経ち、七月も二十日を過ぎた。

「九十一、九十二……九十、三……」

「これお花、刃筋を乱しては素振りになりませぬぞ！」

「奥方様……もう、できませぬ……」

「弱音を吐くのは止めなされ。もう百遍、繰り返しますか？」

「ご、ご勘弁くださいまし……」

今日も花は屋敷の庭で弓香に薙刀の稽古を課せられ、半泣きになっていた。

「大殿様、ちょいと厳しすぎるんじゃございやせんか」

稽古を覗きに来た茂七は、何食わぬ顔で庭いじりをしている多門に意見をせずにはいられない。

「なーに、まだまだじゃよ」

「もっと厳しくなるんですかい」

「左様な顔を致すでない。そなたも花とは稽古仲間であろうが？」

「あっしは手前から望んだことでございやす。ですけど、お花は」

「おなごの争いとはああいうものじゃ。覚えておくことだの」

心配しきりの茂七にそう告げると、多門は井戸端へ手を洗いに行った。

「よお、今戻ったぜ」

そこに瓜五が顔を見せた。

紺看板ではなく木綿の着物の裾をはしょり、手甲と脚絆を着けた旅姿である。

「あっ、瓜五の兄ぃ！」

「左吉と右吉も一緒だぜ」

笑顔で迎えた茂七の前に、同郷の双子も現れた。

「勘六兄いはどうしなすったんですかい」

「文三兄いと二人して品川宿に居残ってるよ」

「そんな、喧嘩になるんじゃありやせんか？」

「案ずるには及ばねぇよ。あの二人は張り合わせたほうが、よく働くんだから」

そこに多門が戻ってきた。

「ただいま戻りやした、大殿様」

「おお、瓜五か。箱根の手前までご苦労じゃったな」

「何ほどのこともございやせん」

「して、川崎宿でめぼしい話は聞けたかの」

「へい。清志郎様たちが護摩の灰にやられなすったのは間違いありやせん。カシラと鉄二の兄いも調べが済み次第、戻って参りやすんで」

「それは重畳。大儀であったな」

多門は重ねて瓜五の労をねぎらった。

一同は十七年前に京に上った意知と清志郎の足跡を調べていた。都まで足を延ばすには時も費用もかかるため、最寄りの品川宿と川崎宿に的を絞ってのことだった。

元凶の咲夜を定信から切り離さねば、成敗するのは難しい。

そのためには定信に、咲夜が源氏読みとしては優秀でも人として許し難い、毒婦であることを理解させる必要があった。

生き証人の清志郎が話をするのはもちろんだが、定信は元より田沼嫌いだ。身内の証言など信用せず、そもそも意知と清志郎が旅に出たという話自体が偽りと決めつけかねない。

そこで一同は二人の忍び旅の足跡を可能な範囲で辿り、客観的な証言を集めることにしたのである。

こうなってみると幸いというべきか、二人が都からの戻り旅で、護摩の灰の被害に遭ったことは旅に出た証しとなる。江戸を間近にしていながら意知の体調不良が酷くなり、一歩も歩けなくなってしまったのを休ませた旅籠で起きた事件であった。

「美男ってのは得なもんでございやす。気の毒がって励ましたって女中やら隣近所のおかみ連中が、昨日のことみてぇに話をしてくれやした」

　そう言ったのは、瓜五らに続いて戻った又一だ。

　まだ元気であった意知が往路に一泊した品川宿では、出立を祝した宴席に侍ったという宿場女郎あがりの女たちからの聞き取りを、文三と勘六が受け持った。

「流石は主殿頭様のご嫡男でさ。素性を隠していなすっても、きっと名のある若様に違いないってみんな思っていたそうでございやす」

「口の利き方に気を付けなせぇよ兄い、それじゃ清志郎様がモテなかったみてぇじゃありやせんかい」

「その話はこれからするとこだい」

　常のごとくいがみ合いながらも、かなりの数の証言を集めてきたのは幸いだった。

　彦馬と帳助は、全ての証言を清書する役目を買って出た。

「父上はお目も悪うございますれば、ご遠慮くだされ」

「何を申すか。おぬしこそ、字は算盤ほどには上手くないのう」

　張り合いながらも速やかに作業は進められ、一冊の調べ書きが完成された。

「これで越中守様もお認めにならざるを得んじゃろう。何としても説き伏せて、あの女狐を野に解き放ってくれようぞ」

家中の努力の成果を前にして、多門は力強く宣言した。

「皆、かたじけない」

謹慎の身で自由に動けずにいた竜之介は、一同に心から礼を述べた。

とはいえ、いつまでも屋敷にとどまっているつもりはない。

綾麻呂はいずれ、再び竜之介に挑んでくるだろう。

こたびこそ後れを取らず、速やかに勝負を決する所存であった。

それも命を奪うことなく、生け捕りにしなければならない。

そのための策を、竜之介は錬っていた。

「竜之介さん、ご無理はなりませぬぞ」

稽古の相手を所望された弓香は夜毎に木刀を交えながら、案じずにはいられない。

「大事ない。いま一度だ！」

負けられぬ戦いに向け、竜之介は募る闘志を抑えきれずにいた。

八

一方、咲夜は綾麻呂に覚悟を求めていた。

「ええな麻呂、お母はんのために頼んだで」

「分かっとります」

「せやけど命も大事にせなあかん。お前はんには、零落しはった田沼のお家を継いで盛り立てる、他のもんにはでけへん御役目もあるんやからな」

「任せとくはなれ、お母はん」

綾麻呂は母親の熱意を汲みながらも、竜之介に他の者が手を出すことを許すつもりはなかった。

「おぬし、まだ風見を斬らぬのか」

「わてをせっついてええのはお母はんだけや。お前はんは黙っとき」

寄宿している部屋を訪れては急かす主水に対する綾麻呂の口調に、いつもの柔和さはない。

「したが相手は太平の世には稀なる手練ぞ。必要ならば助太刀を致すぞ」

「余計なことを言いないな。竜之介はわての獲物や」

主水の提案を歯牙にもかけず、綾麻呂は宣言する。

「どこに参る？　まだ話は終わっておらぬぞ」

「竜を斬る業前を錬りに行くんや。つけてきよったら、お前はんも命はあらへんで」

「ま、待て」

話を打ち切られて戸惑う主水に構わず、今日も綾麻呂は覗き竜の太刀を取る。

初めて出会った好敵手との戦いに決着をつけるべく、腕に覚えの一手に更なる磨きをかけるためであった。

第四章　帯びるは二刀

一

寛政元年の七月も末に至った。

西洋の暦では九月半ばを過ぎている。江戸は秋の気配も深まる頃だが今日は残暑がぶり返し、日暮れが近くなっても熱気が失せずにいた。

「ほな、行きますわ」

「頼むえ、麻呂」

「無事に戻って来るんやで」

綾麻呂は咲夜と刀庵に見送られ、神田川沿いの水茶屋を後にした。

竜之介の動向を見張る拠点として、かねてより咲夜が営んでいた店である。大奥に出入りをするために御伽坊主と同様に剃り上げた頭を鬘で隠し、身なりも茶店の女将らしく装ってのことだ。

源氏読みの勤めが休みの咲夜は、昼から店を開けていた。そこで綾麻呂は客になりすまし、主水の尾行を撒いた上で足を運んだのである。

「上手いこと行きますやろか、兄さん」

「心配せんとき。竜之介かて、麻呂をいつまでも放っとくつもりはあらへんがな」

「せやけど、肝心の竜之介と会えへんかったら勝負にならしまへんやろ？」

「屋敷を出たいうことは、向こうも麻呂を探しとるはずや。いずれにせよ黒白をつけなあかんのやからな……」

綾麻呂の姿が見えなくなるのを待ち、咲夜と刀庵は声を潜めて言葉を交わした。

小川町界隈に屋敷を構える旗本たちに刀庵が聞き込みをした結果、かねてより謹慎中だった竜之介がこのところ、独りで外出をしていることが分かった。

聞き込みを請け合った刀庵は大名や旗本相手に軍学の指南も行う太平記読みの立場を隠れ蓑とし、新たな顧客にすべく風見家のことを調べていると装ったため、誰にも疑われている節はない。

水茶屋を訪れる客の足は絶えていた。

元手を掛けた分は儲けを出したいところだが、今はやらねばならないことがある。

「お待たせしました、兄さん」

「行こか」

刀庵は元の姿に戻った咲夜と頷き合い、下谷七軒町の秋田藩上屋敷に向かった。

咲夜が世話になっている西ノ丸下の定信の役宅に帰らず、刀庵と綾麻呂が寄宿する下谷七軒町の秋田藩上屋敷を訪れたのは、綾麻呂と竜之介の対決の邪魔をさせぬためである。綾麻呂にしつこく付きまとう主水と、裏で糸を引いているであろう常富の足止めをすべく、刀庵と示し合わせてのことだった。

二

上屋敷に戻った二人は廊下を渡り、刀庵が寝起きをしている一室に入った。

「見張りをあんじょう頼みますえ、兄さん」

「任せとき」

請け合う刀庵に背を向け、咲夜は床の間(とこのま)に歩み寄った。

兄妹で戯れる際にいつも用いている香炉を取り、持参した練り香を慣れた手つきで仕込み始める。

「お前はんも考えよったな。いつものより効き目を強うして、わてらも一緒に眠ってまえば、たしかにばれへんわ」

「念には念を、ですわ」

敷居際で背を向けたまま呟く刀庵に、咲夜は微笑みながら答えた。

障子越しの夕日が眩しい部屋に、近づく者は誰もいない。

戯作者として名を馳せた留守居役の常富が招いた客人、それも上方で人気の太平記読みとあって興味津々だった江戸詰めの藩士たちも、高座に上った時と違って素っ気ない刀庵から関心が薄れて久しい。食事の世話にかこつけて盛んに色目を使ってきた屋敷の女中たちも全く相手にされぬため、役目としてお膳を上げ下げする時以外は顔を見せなくなっていた。

「兄さんもそうですけど、剣術遣いは用心深いですやろ」

「せやなぁ。常富も主水も酒は加減して飲みよるし、なかなか隙を見せよらへん」

互いに背を向けたまま、二人は声を潜めて言葉を交わしていた。

「そこで眠り香の出番やいうことですけど、うちらが平気な顔しとって、自分らだけ眠たなったらおかしいですやろ」

「あいつらがお前はんの色香に参っとったら、今まで金づるにしたたった馬鹿旦那や隠居みたいに一芝居打つだけで十分やろけど、色仕掛けも通用せえへんさかいな」

「山城守もそうでしたわ。うちが幾ら迫っても帯一つ解かんと、じさまと父親が詠みよった歌のしょうもない自慢話ばかりしくさって……」

「それで眠り香をぎょうさん利かせて、お前はんの好きにしたったんやろ」

「小野小町(おののこまち)も形無しのうちを袖にしよった報(むく)いですわ」

「相も変わらんと言いよるなぁ」

「いややわ兄さん、ほんまのことやないですか」

童女のごとく頰を膨らませる咲夜は自分は絶世の美女と思い込んでおり、その記憶は虚構と現実が綯(な)い交(ま)ぜになっていた。

普通の子供は成長するに従って己を知り、大口をたたくにしても相手を選ぶことを覚えるが、咲夜はそうではなかった。誇大な妄想を現実と信じて止まず、己を笑う者こそ異常と判じて数々の虚言や狂言、挙句(あげく)の果てに自ら調合した香や薬物まで用いて、言うことを認めさせてきたのだ。

嘘も重ねれば真となり、虚像も現実味を帯びてくる。

三十路(みそじ)を過ぎ、洗練された振る舞いを身につけた咲夜は、もはや虚言を弄(ろう)さずとも男の視線を惹きつけるに足る雰囲気を纏っている。

好きが高じて生業（なりわい）とした源氏読みの語り口も堂に入り、中世の宮廷文学に精通した定信に見出され、大奥への出入りを許されるに至った。

それでいて、刀庵の前では子供じみた表情を見せる。

「謝ってくれはらへんのどすか、兄さん？」

「分かっとるがな。堪忍、堪忍え」

刀庵は背を向けたまま詫びつつ、流石に苦笑を禁じ得ない。

年子の妹が異常であるのは、子供の時分から分かっている。

にもかかわらず刀庵が咲夜を見放さず、むしろ頼りにしてきたのは、少年の頃から抱いてきた、壮大な野望を達成する上で欠かせぬ相方と見なせばこそであった。

「ほな兄さん、参りましょか」

支度を終えた咲夜が、何事もなかったかのように刀庵に躙り寄った。

香炉はそのまま持ち出しては不自然なため、咲夜が西ノ丸下から持参した、錦包みの箱に収めてある。

「何やそれ、蝦夷錦（えぞにしき）やないか」

「ええですやろ。越中守に貰たんどすえ」

「あの堅物にしてはなかなかやな。祇園さんを思い出すわ」

刀庵は懐かしそうに目を細めた。

祇園会の山鉾を華やかに飾る蝦夷錦は、黄色や紺色に染めた生地に豪華な刺繡が施された、大陸産の絹織物だ。

「おっ？　ここにも竜が居るやないか」

刀庵が目を留めたのは、金糸と銀糸をふんだんに用いた刺繡の紋様。

「ええなぁ。如何にも強そうや」

「いややわ兄さん、縁起でもないことを口にせんとってください」

「あほやな。竜之介を褒めたわけやあらへんわ」

思わず顔を顰めた咲夜を、刀庵は一笑に付した。

「唐土の帝がご先祖は竜やて言うてはるのは、お前はんも知っとるやろ。あっちでは上つ方御用達の品やさかい、こないな紋様が多いんやろな。むしろ縁起もんやで」

「そないなことぐらい、もちろん知ってますけど……」

「心配あらへん。麻呂にも竜がついとるさかいな」

「何ですの、それ」

「お前はんがいてもうた与力ん家から頂戴した、二尺五寸物の太刀があったやろ」

「あの景光がどないしましたの。売れば結構なお金になりますのに」

「あれには磨り上げの前に彫られた竜がおってな、鍔元から顔を覗かせとるんや」

「ほな、麻呂が佩いてった長物は……」

「わてが呉れてやったんや。毒には毒、竜には竜やで」

驚く咲夜を前にして語る、刀庵の表情は確信を帯びていた。

綾麻呂は若き日の刀庵を凌ぐ域に達した、太刀術の手練である。

その技量に備前の名工が腕を振るった一振りが加われば、鬼に金棒。

万が一にも、竜之介に後れを取ることはあり得まい。

己が野望を叶えるための駒として、きっと本懐を遂げてくれる。

そう確信して止まずにいたのであった。

三

下谷を後にした綾麻呂は神田川の流れに沿い、大川と繫がる河口に向かって歩みを進めていた。神田川を越え、小川町に屋敷を構える風見家を襲ったほうが話は早いのは綾麻呂も承知の上だが、それは得策ではないと刀庵に止められていた。

屋敷の護りを固めているであろう中間たちは過日に大川土手で綾麻呂に一蹴されており、再び出くわしても物の数ではなかったが、竜之介を婿に迎えた弓香と舅の多門は侮れぬ遣い手であるらしい。

刀庵に加えて主水にも加勢を頼み、邪魔者を引きつけて貰えば竜之介と一騎打ちに臨めるだろうが、他人の手を借りることは綾麻呂の矜持が許さなかった。

何よりも、綾麻呂には確信がある。

竜之介は綾麻呂と再び刃を交えるべく、自ら姿を現すに違いない——。

それは咲夜のような妄想ではなく、根拠のある考えだった。

竜之介は将軍の意を汲んで、影の御用を務める身。

現場を盗み見た刀庵と咲夜の話によると、九代家重から三代続いて将軍家が紋所としてきた、蕊の数が十三の葵の御紋を刺繍した覆面まで授かっているという。

密命を帯びて働く立場の者は、人目に立つ行動を自重する。

竜之介も日頃はそう心がけているはずだが、平山行蔵の意趣返しは影の御用を務める身にあるまじきことだった。

刀庵が聞き込んできた話によると、風見家では先代当主の多門と家付き娘の弓香も平山家で武術を学んでいたらしい。

竜之介は風見家の婿として舅と奥方への義理を立てるべく、意趣返しに乗り出したのではないか、というのが刀庵の見立てだが、綾麻呂は違うと思う。

あの男は綾麻呂と同様の、泰平の世には稀なる手練。

芸ではなく人を殺す術として、武を学んだ身の上だ。

これまでに刃を交えた相手では、さぞ物足りなかったことだろう。

綾麻呂も同じであった。太刀を抜いた瞬間は決死の覚悟で相対しても、いざ戦いが終わってみれば呆気なく、歯ごたえのない相手ばかりだった。

しかし、竜之介は格が違う。

本物だった、と言い換えてもいい。

竜之介も同じ手ごたえを感じたのならば、綾麻呂との再戦を望んで止まぬはず。

もちろん建前はあるだろう。多門と弓香に対する義理と、平山家への恩義もあってのことには違いない。

竜之介が情に厚い質なのは、初めて会った綾麻呂にも察しがついていた。助太刀(すけだち)をしようと馳せ散じた十兵衛と中間たち、そして雷電という紀州犬の懸命な姿を見ても分かることだ。

風見竜之介は好ましい人物だ。

血を分けた肉親でなくとも、綾麻呂にはそう思えたことだろう。
なればこそ、他の者に斬らせたくはない。
竜之介と刃を交え、勝負を制して引導を渡す。
それは綾麻呂にとって、憎しみや敵意あってのことではなかった。
かつてなく親しみを覚えて止まぬ相手であるがゆえ、この手で倒したい。
初めて刃を交えた大川土手を目指しながら、綾麻呂は切にそう願っていた。

四

竜之介は沈みゆく夕日を、土手の上から眺めていた。
蔵前を過ぎた先の大川土手だ。
外出をした帰りに必ず立ち寄る、綾麻呂と刃を交えた場所である。
来合わせる者は、誰もいない。
眼下の大川も船足が絶え、一艘も見当たらなかった。
涼しいはずの川風も、今の竜之介には生温いとしか感じられない。
「……………」

静まり返った土手に立ち、竜之介は静かに息を継ぐ。

このところ竜之介が人目を忍んで外出を繰り返していたのは、屋敷内でばかり過ごしていて鈍(なま)った足腰を元に戻すと同時に、心気を整えることが目的だった。

長い距離を歩くことは、人を無心にしてくれる。

そうした心境になることが、綾麻呂と再び戦う上で必要だと感じたのだ。

綾麻呂と相まみえるのを第一に考えて歩き回れば、自ずと肩に力が入る。

それでは本来の力量を発揮できず、戦う前から負けている。

気負ってはならない。焦ってもいけない。

必要なのは平常心。

他の者が相手であれば、その場で即座に心気を整えるのは容易(たやす)い。

だが、綾麻呂は格が違う。

竜之介がこれまでに培ってきた業前(わざまえ)に加え、禁じ手の左利きを活かした隠し技まで繰り出しても勝負が引き分けに終わるほど、手強い相手なのだ。

ゆえに竜之介は弓香に相手を頼み、勝負を制する策を講じた。

綾麻呂も無策で出張っては来ないだろう。

互角と分かった竜之介を倒すため、竜殺しと称した太刀術に更なる磨きをかけたに違いない――。

「久しぶりやな、竜之介はん」

　京言葉で呼びかける声が、背中越しに聞こえた。

　竜之介はゆっくりと振り返る。

「やはり来ておったか、綾麻呂」

「ここなら会えると思たんや」

「それがしもだ」

「聞いたで。謹慎中やのに、ここんとこ毎日出かけとったやろ？」

「屋敷内にばかり居っては足腰が鈍る。それではおぬしと再び相まみえた時に後れを取ると思うてな」

「鈍っとるようには見えへんで。まるで研ぎたての本身やないか」

「おぬしも左様に見えるぞ」

「ほなら、荒砥で磨らなあかんわ」

「真だな。早々に欠けてしもうては話になるまい」

「行くで」

「参れ」

竜之介は鯉口を切って抜刀した。

綾麻呂も反りを返しざまに太刀を抜く。

沈みきる間際の夕日が、二条の刃を煌(きら)めかせた。

刀と太刀がぶつかり合った瞬間、ふっと辺りが暗くなった。

黄昏色(たそがれいろ)に染まっていた土手に、たちまち夕闇が立ち込める。

川風も止んだ静けさの中、激しく刃を交える音が続けざまに響き渡った。

二人の動きに澱(よど)みはない。

共に気負うことなく、無心となって体を捌いているからだ。

手にした得物の動きも同様だった。

刃筋を通した斬り付けが空気を裂き、短くも澄んだ刃音を立てる。

綾麻呂は二尺五寸の刃長を持て余すことなく、景光の太刀を使いこなしていた。

竜之介の光忠も、負けてはいない。

定信が寄越した一振りこそが本物の御刀である事実を、竜之介は知らない。末備前の名もなき刀工たちが諸国の武将の注文に応じ、量産された中で上出来となっただけの一振りとしか見なしていなかった。

だからと言って、軽んじているわけではない。

むしろ共感と信頼を以て手に取り、馴染ませてきた。

技術というものは何であれ、年月を重ねる内に進化する。

竜之介が会得した武術も同様である。いくさを知らぬ世代ではあるものの古の武者たちが編み出し、伝えた実戦の技を学び、受け継いでいる。

平和な時代で劣化した、と見なす向きもあるだろう。

しかし竜之介の技は、実戦の場で通用している。

紛い物ならば綾麻呂に太刀打ちできず、最初の戦いで早々に敗れていただろう。

手にした刀も同じであった。強さを増した綾麻呂の剛剣を受けていながら、こたびは両断されることなく、連続した激しい攻めを凌いでいた。

この刀は数打ちでも、適当に造られてはいない。

初代の光忠から二代の長光、三代の景光と受け継がれた、備前長船一門の匠の技が凝縮され、外見のみならず強度においても、鎌倉の昔に劣らぬ出来を示している。

そう竜之介は確信し、綾麻呂との再戦に備えて外出するたびに帯びていた。

その確信は、誤りではなかったらしい。

「やりよるなぁ。お前はんも、そん刀も」

刃を合わせた竜之介に、綾麻呂は感心した面持ちで告げてきた。

手にした太刀の鍔元から、小さな竜が顔を覗かせている。

二つの眼（まなこ）をこちらに向け、綾麻呂と共に竜之介と相対していた。

「おぬしの太刀も、景光か」

刃を合わせたまま、竜之介は問う。

「せや。竜の太刀や」

綾麻呂は不敵に笑って見せた。

「竜の太刀だと？　おぬしは竜殺しであろう」

「伯父はんから教わったんや。毒には毒、竜には竜てな！」

声も高らかに告げるなり、綾麻呂は大きく後ろに跳んだ。

元より逃げたわけではない。

次なる一手を仕掛けるために必要となる、間合いを作ったのだ。

竜之介は刀を上段に振りかぶった。

近間での攻防で胴をがら空きにするのは命取りだが、綾麻呂が仕掛けんとしている一手は大技だ。敢（あ）えて遠間に下がったのは、そのために相違あるまい。

「行くで」

不敵な笑顔で告げると同時に、綾麻呂は地を蹴った。

柄頭を前に向け、長い太刀を右肩に担ぐようにしている。更に刃長のある大太刀を扱うかのような体勢だった。

二人の間合いが、たちまち詰まる。

竜之介は微動だにしない。

迫り来る綾麻呂から視線を離さず、動きを見切らんとしていた。

綾麻呂の太刀先が一気に跳ね上がった。

太刀を取り落とさぬ程度に力を抑え、柄を支えていた手の内を締めたのだ。

綾麻呂の太刀が大きく弧を描いた。

狙われたのは竜之介の左肩だ。

竜之介の本来の利き手が左であることを、綾麻呂は知っている。

まともに受ければ骨まで断たれる。

それ程の威力を秘めた剛剣だった。

しかし竜之介は動かない。

刀を斬り下ろしたのは、ぎりぎりまで綾麻呂を引きつけた後のこと。

竜之介の刀は狙い違わず綾麻呂の太刀を捉え、刃筋を逸らした。

左肩口を狙った太刀先は皮膚を掠め、浅手を与えるに留まる――はずだった。

「うっ!?」

苦悶の呻きが竜之介の口を衝いて出た。

浅く裂かれる程度でかわしたはずの太刀先が、ざっくりと左の上腕を割っていた。

着物越しでなければ、刃は骨まで達しただろう。

かつて負ったことのない深手であった。

「たまげたやろ、竜之介はん」

綾麻呂は嬉々として告げてきた。

「こん技はな、牙転や」

「牙が転じる、か……」

痛みに耐えつつ、竜之介は答える。

「何や、よう分かったな」

「おぬしの太刀捌きで察しはついた……体の捌きからも……な」

「その体捌きは山田長政はんが退治しはった、竜の得意技から取ったらしいわ」

綾麻呂が言う『竜』とは鰐のことだ。

シャムを初めとする南洋の沿岸各地に生息し、想像上の生物として竜が造形される素となった鰐には獲物を狩る際、噛みついたまま全身を回転させる習性がある。
死の回転と呼ばれる、この動きの源となるのは強靱な尾。
綾麻呂は鍛え抜かれた足腰の力を以て、同様の動きを可能としたのだ。
「くっ」
竜之介は負けじと切っ先を前に向け、綾麻呂の動きを牽制する。
左腕の傷から流れ出る血が止まらない。
出血で意識を失う前に勝負を制さなければ、命に係わることであろう――。

五

「行くで」
綾麻呂は容赦なく竜之介に斬りつけた。
竜之介は何とか受け止める。
意識せずして、左右の手が逆になっていた。
日の本の刀剣は右手を上、左手を下にして柄を握る。
右手は余計な力を入れず、左手を主とするのが刀捌きの基本だ。

しかし竜之介の左手には、もはや力が入らない。

ならば両利きであることを活かし、右手に代わりをさせるしかあるまい。

本来の扱い方には反するものの、やむを得ぬ措置であった。

「やりよるなぁ」

竜之介の咄嗟の判断に、綾麻呂は感心した様子で微笑んだ。

されど、押してくる太刀に容赦はない。

「竜之介はん、一つ教えてんか」

鍔迫り合いで追い込みながら、綾麻呂が問いかけた。

「何だ……」

苦しい息を継ぎながら、竜之介は応じる。

「わての太刀が景光やいうことが、どないして分かったんや。夜目を利かせても刃文までは見えへんやろ？」

「その竜を見て、察しがついたのだ……伯父上が同じ彫物の施されし刀や短刀をお手に入れられるたびに、嬉しそうにお見せくださったゆえな……」

「せやったんか。主殿頭はんは七面天女様の御加護で生まれたはったそうやからな」

「そのことを、よく存じておったな……」

「当たり前やろ。わてのじじ様なんやで」

「やはり、左様であったか……」

「驚かへんのか、竜之介はん？」

「初めて会うた時はもしやと思うただけであったが、既に調べはついておる。おぬしは紛うことなく伯父上のお孫、山城守様のお子でなのであろう……」

「せや。お母はんがお父はんと愛し合うてな、授かったんがわてや」

「……咲夜から左様に聞かされておるのか」

「何や、人の大事な母親を呼び捨てにしよって」

「許しがたき所業に及びし者に、敬称など付けられぬ……」

気色ばんだ綾麻呂に、竜之介は息を荒らげながらも毅然と告げる。

鍔迫り合いはいまだ続いていた。

「許しがたき所業て、何のことや」

「知りたくば、おぬしの母に聞くがいい……」

「勿体をつけなや。お母はんが、何をした言うんや？」

綾麻呂の態度は焦りを帯び始めていた。

自ずと肩に力が入り、手の内に乱れが生じた。

その隙を逃すことなく、竜之介は綾麻呂の太刀を巻き落とした。

「な、何や」

綾麻呂は動揺しながらも飛び退る。

竜之介の間合いからは逃れたものの、落とした太刀は拾えない。

「何や、そん技は！」

「馬庭念流の米糊付だ」

「そくい？」

「飯粒を錬った糊は時を費やす程に粘りが強うなる。人もかくありたいものだな」

竜之介は告げながら一歩、前に出た。

深手を負いながらも鍔迫り合いを凌ぎきり、綾麻呂が見せた隙を逃さず太刀を取り落とさせた『米糊付』は、竜之介が縁あって学んだ馬庭念流の技である。古流の剣術の中でも最古と言われる念流の流れを汲んだ一手こそ、綾麻呂を生きて捕らえる上で最良の策と竜之介は判じ、今日まで磨きをかけてきたのだ。

更に一歩、前に出る。

竜之介は左腕から滴り落ちる血をそのままに、右手で刀を持っていた。

その切っ先は油断なく、綾麻呂に向けられている。

「お前はん、何が言いたいんや」

綾麻呂が戸惑いながらも問いかけた。

「おぬしにもはや勝機はない。潔う縛に着き、生きて罪を償え」

「世迷言ほざくなや。血ぃが出過ぎて、どうかしてもうたんやろ？」

「急に思いついたことではない。それがしは元より、そうするつもりだったのだ」

「ほな最初から、生け捕りにする気で……」

「その腕を悪しきことに用いるは、宝の持ち腐れというものぞ」

「お、お母はんの役に立つのが、悪いことや言うんかい!?」

「それは人によりけりだ。おぬしの母は、悪逆非道の毒婦と見なすより他にない」

「言うなや！」

綾麻呂は声を張り上げ、脇差を抜き放った。

上段に振りかぶり、刀勢も鋭く斬り付ける。

激怒しながらも手の内は乱れていない。

その刀勢に耐えきれず、竜之介は刀を取り落とした。

すかさず綾麻呂は間合いを詰める。

竜之介はじりじりと後退する。

素手のまま、為す術もなく追い込まれていく。

左手が使えれば対抗して脇差を抜き、初戦と同じく『竜尾斬』で綾麻呂の動きを止めることができただろう。

しかし今は、手首を上げることさえ叶わない。

追い込む足を止めることなく、綾麻呂は太刀を拾い上げた。竜之介に向けた視線を逸らすことなく脇差を鞘に納め、左手で拾った太刀を右手に持ち替える。

「お母はんは誰にも渡さへん……」

怒りを込めて宣言し、綾麻呂は太刀を振りかぶった。

振りかぶれば間を置かず、斬り付けるのが実戦の剣である。

それを知る竜之介は、無言のまま目を閉じた。

太刀を振り下ろさんとした、綾麻呂の動きが思わず止まる。

「……往生しい！」

己を奮い立たせるかのごとく、綾麻呂は声を張り上げた。

その太刀先が動く寸前、闇を裂く刃音が聞こえた。

綾麻呂は咄嗟に太刀で薙ぎ払う。

飛来したのは棒手裏剣。

しかも二本を同時に放ち、綾麻呂の両眼を狙ったのだ。

顔面まで護りを固めた鎧武者(よろいむしゃ)の動きを止めるために編み出され、戦国乱世の忍びが用いた削闘剣(さくとうけん)の技だった。

「誰や！」

綾麻呂が怒りの声を上げる。

返事の代わりに、再び手裏剣が迫り来た。

太刀を閃かせて叩き落としても、次から次へと飛んでくる。

「あほんだら!!」

大坂で覚えたらしい罵倒(ばとう)を浴びせても、新手(あらて)は姿を見せようとしない。

一本の棒手裏剣が綾麻呂の頬を掠(かす)め、竜之介の足元に転がった。

開いた目に映ったのは、見覚えのある形。

「伊賀流……」

助っ人の素性を察した途端、意識が途絶えた。

「あほんだら！　覚えとれ!!」

姿を見せぬ相手に重ねて罵倒を浴びせ、綾麻呂は走り去った。

気を失った竜之介を放置したのは、とどめを刺せば自分も無事では済まぬと察してのことだった。

竜之介と風見家の他にも敵が存在すると分かったからには、無茶はできまい。

もしも綾麻呂が命を落とせば、咲夜を護るのは刀庵のみだ。

伯父が太刀術の手練なのは綾麻呂も承知の上だが、若い頃と比べれば確実に技量が落ちている。有り体に言えば稽古の相手を頼むのも躊躇する程、頼りないのだ。自分が付いていなければ、咲夜のことは護りきれまい。

「お母はん、堪忍え」

別れ際の約束を守れなかったのを悔みながらも振り向かず、綾麻呂は走り続けた。

闇の向こうに駆け去った綾麻呂と入れ替わりに姿を見せたのは、柿渋色の忍び装束を纏った男だった。

倒れた竜之介の傍らに膝をつき、忍び装束の男――次郎吉は傷の具合を確かめた。

流れ出た血が着物の左半身をしとどに濡らし、袴にまで染みていた。

既に出血は止まっていたが、失われた量が尋常ではない。

竜之介が気を失ったのは、そのせいだ。

「並の者ならば、疾うに息絶えておるな……」

脈があることを確かめた次郎吉は、驚きを隠せずに呟いた。

戦国乱世のいくさ場で兵たちが仲間内で傷の治療をしていたことは、作者が不詳の軍記物『雑兵物語』に記されている。

傷が膿まないように消毒し、縫合するだけならば次郎吉も手に負える。

しかし、後は竜之介の体力次第だ。日の本は元より西洋にさえ失われた血を人工的に補う術がいまだ存在せぬ以上、新しい血を自身で作り出し、心の臓を動かし続けるより他にない。

「間に合ってくれよ……」

誰にともなく呟くと、次郎吉は持参の風呂敷包みを解いた。

今宵は自ら用意した長羽織を竜之介の肩に掛けてやり、そっと背中に担ぎ上げる。

大量の血を流した体は冷えに襲われ、更に体力を削られる。血塗れの姿を隠すことにも増して、今は保温が必要であった。

六

綾麻呂が秋田藩上屋敷に戻ったのは、それから半刻ほど経った後。

吾妻橋の西詰まで来たところで大川土手を下り、浅草寺界隈の寺社町を通り抜け、寛永寺の門前を経て、上野から下谷に出てのことだった。行きと同様に神田川沿いに帰るのを避けたのは、追っ手を警戒したがゆえである。

無事に戻っては来たものの、明かりの下では返り血の跡が目立つ。

やむなく綾麻呂は塀を乗り越え、盗人のごとく屋敷の母屋に忍び込んだ。

咲夜と刀庵に申し開きをする前に、着衣を改めなくてはなるまい。

綾麻呂が寝起きをしている一室は、刀庵の部屋の前を通った先だ。

隣同士の部屋に住まわせては主水に盗み聞きをさせるのに障りがあるため、常富がわざとそのように差配したことを、綾麻呂は知らない。

刀庵の部屋には、まだ明かりが灯されていなかった。

常富と主水の足止めをしに出向いたまま、戻っていないのならば好都合だ。

綾麻呂は速やかに廊下を渡り、替えの水干に袖を通した。

気を鎮めることを兼ね、太刀を検める。竜之介を斬った時に付着した血脂は寺社町を通り抜けた際に手水(ちょうず)を拝借し、ざっと濯(すす)いで拭ってある。血は湯よりも水で洗ったほうが落ちやすいが、人を斬った後ともなれば入念な手入れが必要だ。

丁子油(ちょうじあぶら)と懐紙(かいし)を収めた小箱を持ってきた時、廊下を渡る足音が聞こえた。

綾麻呂は行灯に躙り寄った。

四方に和紙が貼られた天袋を持ち上げるのももどかしく、淡い光の素となっていた灯芯(とうしん)の火を吹き消す。

「うちが言うた通り、半刻も経たんと目が覚めましたやろ？」

「せやなぁ。お前はんの眠り香は、ほんま大したもんや」

障子越しに聞こえる咲夜と刀庵の声は明るい。

刀庵の部屋の障子が開き、早々に閉じられた。

綾麻呂は手入れが半ばのまま横たえていた太刀を取り、鞘に戻す。

鍔元から顔を覗かせた竜に睨まれたような気がしたが意に介さず、太刀を手にしたまま廊下に出る。持って出たのは、用心が体に染みついているがゆえだった。

綾麻呂は気配を殺し、刀庵の隣の部屋に忍び込んだ。

「麻呂はまだですやろか、兄さん」

「相手が相手やからなぁ、長丁場になっとるかもしれへんで」

「あの子に万が一のことがあったら、どないしたらええか分かりまへんわ」

「そん時はそん時や。腹を括っとかなあかんえ」

咲夜から心配そうに問われて答える、刀庵の声の響きは軽い。本気で案じてくれているとは思えぬ調子であった。

伯父の薄情ぶりに呆れながらも、綾麻呂は頬を緩めていた。

竜之介から言われたことなど、気にするには及ぶまい。

咲夜は綾麻呂を大切に想ってくれているのだ――。

「分かりましたわ、兄さん。そん時は主殿頭の孫を誑し込みましょか」

続いて聞こえた言葉を耳にした途端、綾麻呂の微笑みが凍りついた。

間違いなく、咲夜の声だ。

「それはあかんやろ。相手は麻呂と同じ年頃なんやで?」

流石の刀庵も戸惑いを声に滲ませている。

「別にええやないですか。別にうちが腹を痛めた子やあらへんし、血ぃが繫がってる言うても他人みたいなもんですわ」

兄の態度に構うことなく、咲夜は答えた。

「せやけど相手は山城守の子や。麻呂の弟やないか」

「そない綺麗ごと言わはるんは、あの子を騙(だま)す時だけにしとくれやす」

刀庵に窘(たしな)められても聞く耳を持たず、咲夜はさらりと言ってのけた。

「口を慎みや。麻呂が聞いてたらどないするんや？」

「ほほほ、そないなことありますかいな。竜之介に引導も渡さんと、おめおめ帰って来よる腰抜けに用はあらしまへん」

「せやけど、言うてええことと悪いことがあるやろ」

「あの子は山城守から種だけ貰(もろ)て、うちが拵えた傀儡(くぐつ)どす。役に立ってくれる限りは大事にもしますけど、使えんようになったら用済みですわ」

「お前はんは、ほんま酷いおなごやなぁ……」

「それはお互い様ですやろ。兄さんかて麻呂を蝦夷地に差し向けて、ぎょうさん人を殺させたやないですか。あの子を傀儡にしてはるんは同じなんと違いますか？」

「……その通りやな。腹を括らなあかんのは、わてのほうやったわ」

しばしの間を置き、刀庵が恥じた様子で答えた。

「ほなら兄さん、仲直りに新しい香はいかがどす？」

「ええなぁ。ほな麻呂が戻るまで、ええことしよか」

「………」

綾麻呂は耳を塞ぎたくても塞げない。

受けた衝撃の大きさに手が上がらぬばかりか、腰も立たなくなっていた。

七

竜之介は気を失ったまま、神田小川町の風見家に送り届けられた。

傷口を消毒し、縫合したのは次郎吉である。

「大した手際でござるな……」

知らせを受けて急ぎ馳せ散じた十兵衛が手を出す余地もない程の、慣れた治療ぶりであった。

初戦に増して深い太刀傷は幸いにも、骨まで達してはいなかった。

刃筋が立っていたために、筋の断面にも乱れはない。

後は傷口が化膿しないように看護しながら、目が覚めるのを待つのみである。

布団に油紙を重ねて敷いた座敷には弓香と花も同席していたが、十兵衛にも増して出る幕はない。竜之介の意識が戻らなければ必要な食事はもちろん、薬を与えることもままならぬのだ。

それでも付き添いは必要である。

このまま目を覚ますことなく、息を引き取る可能性があるとしても――。

「後を頼みますよ、お花」

次郎吉と十兵衛が部屋を去った後に残った弓香は、そう告げると腰を上げた。

「わ、私で宜しいのですか？」

戸惑いながら問う花は、目を真っ赤に泣き腫らしていた。

「奥方様……」

「殿様を大事に想うておるのは、そなたも同じ。なればこそ任せられるのです」

「そなたが打算で殿様に近づいたのではなく、純粋に慕うておることは分かっております。さもなくば私のしごきに音を上げ、疾うに降参しておったはず」

「……」

無言で頷く花は、以前よりも体が引き締まっていた。

芯が通ったかのように姿勢が良くなり、竜之介を案じて泣きはしても取り乱してはいない。弓香が課した薙刀の鍛錬に今日まで耐え抜き、体のみならず心も鍛えられたがゆえだった。

「おなごの幸せは、己の在り方を認めてくださる殿御と添うことです。殿様がそなたをお認めになられたならば、側室にして頂くこともあり得ましょう」

敷居越しに言い渡すと、弓香は静かに障子を閉めた。

寛大な態度を示したのは、竜之介にもしものことがあった時、花に悔いを残させぬためである。

遠ざけられたまま竜之介が息を引き取れば、花は心に深い傷を負うだろう。郷里の村に帰しても誰にも嫁がず、一生を終えてしまいかねない。

弓香が同じ立場ならば、そんな生き方しかできぬだろう。

まだ若い花を、捨て鉢にさせてはなるまい。たとえ竜之介が死すことになろうとも自分の他に、風見家から不幸な女を出したくはなかった。

次郎吉は奥の隠居部屋に案内され、多門と膝を交えていた。竜之介のために用いた長羽織の代わりに多門の着物を提供され、装いを改めた後のことである。

「何から何までかたじけのうござった、服部殿」

「滅相(めっそう)もござらぬ、ご隠居殿」

風見家を代表して白髪頭を下げた多門に、次郎吉は慇懃（いんぎん）に礼を返した。上座（かみざ）に着くのを勧められ、固辞（こじ）した上でのことだった。

「今は他家の養子にござれば、次郎吉と呼んでくだされ」

「されば、わしのことも多門とお呼び頂けるかな」

「心得申した。されば多門殿、改めてお詫びを申し上ぐる」

「何のことじゃな、次郎吉さん？」

「拙者が越中守様の命（めい）により、貴公らの影の御用をかねてより見届けておったことにござる」

くだけた呼び方をされても次郎吉は態度を替えず、深々と頭を下げていた。

二人の立場の違いを考えれば、当然のことである。

大名家の家老に婿入りしたとはいえ次郎吉は陪臣だが、多門は直参旗本だ。

石高は最低でも一万石を領する大名に対して五百石と比べものにならないが、将軍の直臣という立場は同じ。大名に仕える陪臣とは格が違う。

とはいえ次郎吉を軽んじての態度ならば腹も立とうが、多門に傲慢（ごうまん）さは全く見受けられず、福々しい顔には一片の驕（おご）りもない。

ゆえに次郎吉は多門を信じ、思うところを明かしたのだ。

しかし、多門は一枚上手であった。

「ああ、そのことかの」

「お気づきでござったのか」

「年寄りの勘は存外に鋭いものじゃよ。耳目が衰えたぶんだけ冴えるようでな」

「お見それ致した、多門殿」

次郎吉は驚きを隠せぬまま、重ねて多門に頭を下げる。竜之介を定信の許まで連行した時には隠し通した感情を、露わにさせられていた。

「かしこまることはござらんよ、次郎吉さん」

恐縮しきりの次郎吉に、多門は鷹揚な笑みを向けた。

「越中守様がどのように命じなすったのかは分からんが、わしらが仕損じた時は手を貸してくださるつもりだったんじゃろ」

「何故、左様に思われますのか」

「ただの見届け役なら、婿殿に助太刀なんぞしてくれる筈があるまいよ。そもそも影の御用でも何でもない、私の闘争というやつじゃからな」

「いや、そうとも申せませぬぞ」

「どういうことじゃ」

表情を引き締め、多門は問う。

「竜之介殿と刃を交えし綾麻呂は秋田藩留守居役の平沢常富の計らいにより、下谷の上屋敷に逗留しておる身。太平記読みの木葉刀庵、その実は綾麻呂の伯父にして公家崩れの人斬りも、同様にござる」

「あの講釈師の妹も、じゃろ？」

「咲夜のことまで、ご存じでござったのか」

「あの女狐は婿殿のみならず、わしの娘とも因縁があるんじゃよ」

福々しい顔に嫌悪の念を滲ませて多門は言った。

「ところで次郎吉さん、あの二人は双子とは申せぬまでも似た顔をしておるの」

「咲夜と刀庵は年子にござる。都に上りて素性を検めたところ、これまで御用にされずにいたのが不思議な程に、度し難き悪事を重ねており申した」

「あそこまで業の深いおなごは滅多に居らぬと判じておったが、やはりのう」

「されば多門殿も、咲夜のことを調べておられたのでござるか？」

「婿殿と綾麻呂がやり合うたのをきっかけに、家中を挙げて始めたことじゃ」

「拙者も子細を伺わせて頂いて宜しゅうござるか」

「もちろんじゃ。あの女狐を越中守様から引き離さねば、どのような悪事をしでかしおるか、分かったものではないからのう」

「同感にござる。これ以上、看過してはなりますまい」

「されば、獅子身中の虫退治と参ろうか」

「心して合力をつかまつり申す」

「しかと頼むぞ」

「は」

老若の二人は決意を込めて頷き合った。

「お、大殿様っ」

そこに又一が駆け込んできた。

いつもの貫禄はどこへやら、動揺を露わにしている。

「騒々しゅうするでない。大事な話をしておるのが分からんか」

次郎吉の手前もあって、又一を叱る多門の態度はいつになく厳しい。

「も、申し訳ございやせん」

「して、何が起きたのじゃ」

険しい表情を崩すことなく、多門が問う。

「あ、あの公達が乗り込んで参りやした！」

気圧(けお)されたかのごとく、又一が答えた。

「綾麻呂のことか？」

たちまち次郎吉が腰を浮かせる。

多門も即座に膝を立て、肥えた体に似合わぬ機敏な動きで駆け出していた。

八

風見家の潜り戸の前に、綾麻呂が立っていた。

門を背にしてのことではない。潜り戸を抜け、門の内に入った上のことである。

竜之介の負傷に中間たちが浮き足立ち、見張りが甘くなった隙を衝かれたのだ。

目鼻立ちの整った綾麻呂の顔に表情はない。

無言で白皙(はくせき)を前に向け、四方を取り囲まれても反応を示さなかった。

「このやろ、懲(こ)りずに来やがったのか！」

怒号を浴びせる文三の傍らでは、勘六が無言で大脇差を構えている。いつもの毒舌を叩く余裕もなく、緊張を隠せぬ面持ちで綾麻呂に切っ先を向けていた。

「中間だからって侮るなよ若造。これ以上、殿様に手出しをさせやしねぇからな」

「の、のこのこ現れやがったのが運の尽きだぜ。かか、覚悟しやがれ！」

隙の無い構えを取った瓜五の後ろから、茂七が震えながら言い放つ。

鉄二は左吉と右吉を引き連れて留太らを保護しに駆けつけ、松井父子は篠と花を奥へ避難させている。多門に注進をしに走った又一はまだ戻っていない。

いつも門脇の片番所に詰めている権平は、隣近所の旗本たちと共同で風見家が運営する辻番所の当番をしに出かけていた
武家地と寺社地の角地に設けられた辻番所は、町人地の自身番所に当たる。

費えを賄いきれずに身寄りのない老人を薄給で雇って住まわせ、体裁だけを整えたものも少なくないが、小川町の辻番所には権平をはじめとして並の武士よりも腕の立つ足軽たちが交替で詰め、目を光らせる。

厳しい監視から綾麻呂が逃れ得たのは辻番所の前を通るのを避け、屋根伝いに移動して風見家の門前まで辿り着いたがゆえであろう。

しかしながら、妙であった。

持ち前の身軽さを発揮して塀を乗り越えれば、綾麻呂はわざわざ潜り戸を通るまでもなく、侵入を果たすことができたはず。敢えて正面から乗り込んできたのは何らかの意思があってのことに違いないが、一言も発さぬのでは見当もつかなかった。

「待て、待て。いきなり刃を向けては用向きも分かるまいぞ」

玄関から多門の声が聞こえてきた。

後に続いた又一は大脇差を摑み締め、次郎吉は棒手裏剣を束ね持っている。綾麻呂が太刀の反りを返して抜き打つ前に、削闘剣で仕留めるつもりであった。

「次郎吉さん、急いては事を仕損じるぞ。又一も、手を出してはならん」

後ろ手に二人を制した多門は裸足のまま、式台から降り立った。

石畳を踏んで進み、綾麻呂の前に立つ。

「風見家先代の多門じゃ。おぬしが綾麻呂さんかね？」

綾麻呂は黙って頷いた。

「このままでは話もできんわな。さ、お上がりなされ」

「大殿様⁉」

文三が驚きの余りに声を上げた。

他の中間たちも啞然としている。

「おぬしたち、忘れたのかね」

多門は一同を見回すと、静かに言った。

「茂七は知らんだろうが、この人は竜之介さんと同じ眼をしておるんじゃ……弓香が連れ帰った時の、この場を去りし後に自ら命を絶とうという眼を、のう」

多門は人払いを命じた上で、綾麻呂を隠居部屋に通した。

風見家を訪れたのは、半ば無意識に及んだことだったという。

「よう訪ねてくれたのう、綾麻呂さん」

全てを訊き出した後、多門は綾麻呂に膝を寄せて言った。

「お前さんが図らずも当家に参られたのは、婿殿にとどめを刺すためではない。頭のどこかで救うて貰えるのではないかと期したがゆえ、足が向いたんじゃよ」

「そうなんどすか、ご隠居はん……」

信じ難い面持ちで、綾麻呂は問う。

太刀と脇差を進んで彦馬に預け、自ら丸腰となっていた。

「多門で構わんよ」

次郎吉に言ったのと同じことを告げ、多門は微笑む。

柔和な笑みをそのままに、綾麻呂に語りかける。

「綾麻呂さん、越中守様に全てを話してくれんかね」

「松平越中守様と……どすか?」

「お前さんの母親は生きながらにして餓鬼道に堕ちておる。伯父の刀庵もまたしかりじゃ。心ならずのこととは申せ、あの二人はお前さんと血を分けた間柄。いつまでも浅ましい真似をさせておいてはなるまいよ。そうは思わんかね」

「……多門はんの言わはる通りに致しますわ」

しばしの間を置き、綾麻呂は頷いた。

九

綾麻呂の話を聞いた定信は身柄を風見家に預けた上で、秋田藩上屋敷に咲夜の引き渡しを申し入れた。

あの夜以来、咲夜は西ノ丸下の定信の役宅には戻っていない。危険を察し、刀庵と共に上屋敷内に潜んでいると思われた。

ところが定信の要求は、にべもなく拒まれた。

回答したのは、当主が不在の屋敷を預かる留守居役の常富である。

「当家に左様なおなごは居りませぬ。越中守様のお言葉なれど、あらぬお疑いは迷惑千万。失礼ながら向後はゆえなきご詮索は無用とお心得くださいますよう、伏して願い上げまする」

慇懃無礼な回答に当然ながら定信は激怒したが、相手は名門大名の佐竹家だ。

老中首座の権限を以てしても無理は通らず、さりとて家斉の御威光を借りることもできなかった。

「咲夜とな？　ああ、あの鼻持ちならぬ源氏読みか。あやつのことは余も御台も常々胡散臭いと思うておった。自ずから退転したのであれば厄介払いの手間が省けて幸いというものぞ。捨て置け、捨て置け」

流石の定信も咲夜を大奥に迎え入れた件に限っては自分の見る目が甘く、若い家斉と茂姫が慧眼だったと認めざるを得なかった。

しかし定信も、このまま引き下がるわけにはいかなかった。

そもそも秋田藩に目を付けたのは、別の理由があってのことだからだ。

きっかけとなったのは、かねてより定信が目を掛けていた、堅田藩主の堀田摂津守正敦からの進言だった。

意次が密かに貯えて秋田藩に預けた、百万両の一件である。

正敦は堀田家に婿入りする以前、実の兄で仙台藩主の伊達重村が官位を得るために意次の力を借りた恩を返すため、百万両を船で秋田藩の領内まで運び、埋蔵する作業を指揮した身。

意次の孫の意明を当主とする田沼家は、この事実をいまだ知らない。

亡き意次が独断で埋蔵させた百万両は、いわば宙に浮いた存在なのだ。

正敦から事実を明かされた定信は一度は発掘を思いとどまったものの、札差に借金を重ねた旗本と御家人の窮乏を救うために百万両は役に立つ。それだけあれば、借金のほぼ全額を肩代わりすることが可能だからだ。

思案の末に定信が正敦を呼び出したのは、月が明けた八月一日。

神君家康公が江戸入城を果たした記念日を祝う、八朔（はっさく）のことだった。

その日、中奥の御用部屋は厳重に人払いが為された。

「これは三河以来の家も多い、旗本と御家人を救うために為すことだ。左様に心得て聞くがよい」

「越中守様……」

「寝耳に水とは、このことにござる……」

百万両の接収を宣言する場に同席させられたのは、若手の老中の松平伊豆守（いずのかみ）信明（のぶあきら）

と側用人の本多弾正大弼忠籌（ほんだだんじょうだいひつただかず）。

　定信の性格を承知の上で力添えを惜しまずにきた二人をして、困惑させられたのも無理はあるまい。

　百万両の隠し金が存在したという事実そのものが驚きだったが、問題は定信の判断したことだ。

　意次の遺産と言うべき百万両を幕府が公に接収した上で、御金蔵に収めるのならば問題はない。老中を失脚した後に意次は私財没収の御沙汰を受けており、隠し金にも適用されるからだ。田沼家の遺族にしてみれば堪らぬだろうが、当主の意明が家斉に御目見するのを許し、陸奥下村へのお国入りを認めれば釣り合いは取れるだろう。

　しかし老中首座が独断で接収し、使い道まで将軍に相談することなく事前に決めたとあっては大問題。将軍補佐を兼ねるとはいえ、専横（せんおう）が過ぎる。

　されど棄捐令（きえんれい）の断行を避ける上で、最良の策には違いない。

　幕府が旗本と御家人の借金を肩代わりすれば、札差は損をするどころか大枚の金子（きんす）を回収できる。多くの札差は金主の豪商などから元手を回して貰っているため、金主も同時に潤うこととなる。

　商人は持ち金を手元で遊ばせておくことをしない。百万両は世に出回り、その恩恵は日の本の諸国に及ぶに相違あるまい――。

定信の提案は暴挙のようでいて、現実に即した判断に基づいていた。

誰よりも重い責任を課せられた正敦が粛々と定信に従っている以上、信明も忠籌も異を唱えるわけにはいかなかった。

「摂津守、しかと頼むぞ」

「一命に替えても果たさせて頂く所存にございまする」

正敦は決意を込めて答えると、定信に向かって頭を下げた。

十

「おのれ越中守、この手で討ち取ってやりたいわ！」

秋田藩上屋敷では、常富が怒り心頭に発していた。

その怒りを向けられたのは主水であった。

「うぬの脇が甘いゆえ、大事を嗅ぎつけられたのだ！　綾麻呂から目を離し、よりにもよって越中守に取り込まれるとは何事か!!」

「面目次第もございませぬ……」

主水の立場としては、平身低頭し続けるより他にない。

秋田藩が在りし日の意次から百万両を預かる羽目になったのは、兄の小野田直武に原因があるからだ。

とはいえ大事な兄に詰め腹を切らされた上、自分まで責められてばかりいては自ずと怒りも溜まる。

主水はその怒りを常富ではなく、秋田藩を脅かす敵に向けることにした。

定信の意を奉じた正敦は江戸詰めの堅田藩士から腕の立つ者を選りすぐり、常富を恫喝することを始めていた。

常富は百万両の引き渡しを拒絶した直後から既に二度、外出の帰りに堅田藩の襲撃を受けている。

その陣頭に立っていたのは猪田文吾。

正敦の命を救った功により仕官を許され、上麻布の白金にある堅田藩上屋敷で用人見習いとして働く文吾は、血の繋がらぬ妹の武乃と共に剣客として育てられた、ひとかどの遣い手であった。

文吾と武乃は夫婦となり、上屋敷内の長屋で暮らしていた。

長屋門にはその名の通り、門の左右に連なる形で長屋が付いている。大名屋敷では独り身の藩士の住まいとして用いられるが、長屋とはいえ市中の裏店と違って間取りが広めで部屋数もあるため、夫婦で暮らすのに不自由はなかった。

「お前さま、くれぐれも無茶はしないでおくれな」

「分かっておる……おぬしこそ、無理は禁物ぞ」

「もちろんだよ。お前さまの子なんだからさ」

夕餉の片づけを終えた武乃は文吾に甘えつつ、大きな腹を愛おしげに撫でていた。

紀州の山中に隠遁していた老剣客に育てられた二人は、親の顔を知らぬ身だ。捨てられていたのを拾った老剣客によって鍛えられ、俗世を知らぬまま育った文吾は二刀流の、武乃は手裏剣術の名手となった。

師の重圧を脱して江戸に来たものの、文吾は男性として機能しない体である。

武乃は文吾を想いながらも劣情に流され、両国広小路の盛り場で出刃打ちの女芸人となって文吾を養う一方、色目を遣ってきた男たちと浮き名を流した。

腹の子の父親は、誰であるのか分からない。

まして文吾のはずがなかったが、二人はそういうことにして子供を育てていくことために三度目の招集と承知していたがゆえだった。

文吾はそっと武乃を押し退け、土間に降り立つ。刀を提げて出たのは、常富を襲う

「しばし待たれよ」

障子戸越しに呼ばわる声が聞こえた。

「猪田殿」

に決めたのだ。

風見家に引き取られた綾麻呂は、早々に家中の人々と馴染んでいた。

あのまま竜之介が目を覚まさなければ、定信から命じられた以上に手酷く扱われていたことだろう。

たとえ多門が綾麻呂を許しても、他の者たちは堪えられなかったに違いない。

幸いにも竜之介は意識を取り戻し、左腕の傷の治りも順調だった。

竜之介が回復するに従って、家中の人々が綾麻呂を見る目から敵意は失せた。

真っ先に馴染んだのは末松(すえまつ)である。

「お兄ちゃん、遊んで遊んで！」

「はいはい、ほんまに坊んは甘えん坊やなぁ」

懐かれた綾麻呂も悪い気はしないらしく、毎日遊んでやっている。

竜之介から所望された、腕慣らしの稽古の相手を務めながらのことであった。

今日も竜之介は夕餉を終えた後、綾麻呂を屋敷の庭に呼び出した。

「夜間稽古、どすか?」

「おぬしのおかげで昼間は遅滞なく凌げるようになったが、夜目を利かせて同じことができねば用をなさぬからな。雑作をかけるが、相手を頼む」

「遠慮せんとってください」

竜之介が差し出す蟇肌竹刀を、綾麻呂は笑顔で受け取った。

屈託のない笑顔が、ふと強張る。

「……竜之介はん」

「……参るぞ」

阿吽（あうん）の呼吸で頷き合い、二人は同時に跳びかかる。

「た、助けてくれ」

喉元に左右から手刀を突きつけられ、命乞いをしたのは僧形の巨漢。

元の名を須貝外記（すがいげき）という、大身の旗本だった男だ。

新任の大番頭（ばんがしら）として評判を得た正敦に妬心（としん）を抱き、亡き者にせんと企んだ外記は己が所業を恥じて出家し、今は読経三昧に生きる身であった。

外記が竜之介を訪ねてきたのは、思わぬ願いを携えてのことだった。

「猪田殿を救うてくれと申されますのか?」

「この通りじゃ、頼む」

庭先で土下座をするのも厭わず、外記は竜之介に懇願した。

「拙僧が言えた義理ではないが、武乃が不憫でならぬのじゃ。越中守様に合力する身の貴公に頼むは筋違いと承知の上じゃが、どうか助けてやってくれい」

「竜之介はん……」

同情した様子の綾麻呂に、竜之介は黙って頷いた。

その夜の襲撃は執拗だった。

「お駕籠から離れるでないぞ!」

慌てふためく供侍たちを叱咤すると、主水は襲撃者の一団に襲いかかった。

迎え撃ったのは文吾である。

「それがしに任せよ!」

同行した堅田藩士たちを促し、文吾は主水と斬り合った。

「うぬ、やはり強いな……」

主水は荒い息を吐きながら、文吾を見返す。

「それがしには護らねばならぬものがある。悪いが一命を頂戴致すぞ」

「その言葉、そっくり返すぞ。護らねばならぬものがあるのは、拙者も同じだ」

息を調えて答えた主水に、もはや文吾は応じなかった。

二刀の構えに隙はない。左手に取った脇差で的確に主水の攻めを捌きながら、右手の刀で斬り付ける。

「うぬっ」

負けじと振り抜く主水の一刀が、文吾の脇差を弾き飛ばした。

間を置かず浴びせた二の太刀で、肩から脇腹まで斬り下げる。

「し……死んで堪るか……っ！」

苦しい息の下で呻きつつ、文吾は地べたに崩れ落ちた。

「お前さま！」

闇の向こうで悲鳴が上がった。

同時に駆けつけた竜之介と綾麻呂は、常富の駕籠に迫った堅田藩士たちを峰打ちで続けざまに打ち倒した。

「今のうちだ、急げっ」

図らずも二人に救われたことを恥じつつ、主水は供侍と共に走り去る。

堅田藩士たちも怪我人の肩を支え、よろめきながら退散する。

後に残されたのは動かぬ文吾と、茫然と座り込んだ武乃のみ。

「殿様、連れて帰ってくだせえまし」

竜之介に同行を志願した瓜五が、土下座をして頼み込む。

かつて武乃と深い仲であったのを、明かした上のことだった。

十一

文吾の死を知らされた正敦は忠義の士を無益に死なせた浅慮を恥じ、定信に対して再び進言に及んだ。

「これ以上の争いは、無益な殺生を重ねるばかりにございまする」

「相分かった……秋田に乗り込みて、一気に片をつけよ」

定信は正敦に命じ、堅田藩の御用船を秋田に向けて出港させた。

正敦の家中には、戦国乱世の琵琶湖(びわこ)で活躍した堅田水軍の末裔が多い。

江戸を離れられぬ主君に代わり、指揮を執ったのは年配の江戸家老。

「おぬしが頼みだ。しかと頼むぞ」

「猪田の分まで働かせて頂きまする。お任せを！」

目を掛けていた文吾を死なせた責を問うことなく正敦の命(めい)を奉じた家老も、乱世に名を馳せた堅田水軍衆の子孫の一人であった。


定信の決断を受け、一人の人物が新たに動いた。

「お、叔父君様」

「な、何事にございまするか？」

「黙りおれ。当主の悪行を諫めもできぬ不忠者どもが」

下谷二丁町(にちょうちょう)の松前藩上屋敷に乗り込んだ白頭(はくとう)の武士の名は、柳生但馬守(たじまのかみ)俊則(としのり)。

将軍家剣術指南役にして、藩主の松前志摩守(しまのかみ)道広(みちひろ)の叔父である。

竜之介と綾麻呂を伴っての推参は、かねてより道広が宮仕えに不満を持つ旗本たちに誘いをかけ、蝦夷地を独立させる手駒にしようと企んでいた事実を暴くため。

五年前に意知を御城中で襲った佐野善左衛門政言(さのぜんざえもんまさこと)も道広に誘われ、乗り気になった旗本の一人であった。

「志摩守様の企みを悪しきものと断じられ、主殿頭様と共に阻(はば)まんとなされたがゆえに山城守は善左に襲われたのでござる」

竜之介らと共に俊則に同行し、証言をしたのは政言と新番組で同僚だった柴伊織(しばいおり)。事前に政言から襲撃をほのめかされ、意知の一命が危ういと分かっていながら止めなかったのは自分の罪と、認めた上のことだった。

「志摩守に伝えよ。儂(わし)の目が黒い限り、勝手は許さぬ」

返す言葉もない江戸詰めの重役たちに、俊則は有無を許さず命じた。

俊則は松前家の一族であると同時に、将軍家剣術指南役としての権威を有する身。しかも事前に家斉の御上意まで得ていたとあっては、逆らえるはずもない。竜之介が俊則のみならず、家斉にも密かに進言したのが功を奏してのことだった。

「待て、柴」

その場で脇差を抜いた伊織を、俊則は速(すみ)やかに押え込んだ。

生き証人としての役目を終え、その場で腹を切ろうとしたのだ。

「風見と同様、おぬしも儂の弟子であろう。勝手な真似は許さぬぞ」

「お止めくださいますな、先生っ」

「おぬしは町道場と申せど師範代を務めし身。任を果たさずに死ぬことが、教え子の手本になると思うたか？」

「……」

俊則の諭しを受け、伊織は脇差に巻きつけた懐紙を解いた。

町道場で師範代を務める伊織は、竜之介の甥の忠にとっても師匠である。

思いとどまるのを見届けて、竜之介は安堵の笑みを浮かべた。

共に行動することに慣れた綾麻呂も、釣られて微笑む。

しかし、まだ全てが終わったわけではない。

亡き意次が遺した百万両の行方が定まらぬ限り、この事態は収まらぬのだ——。

十二

それから数日後のことだった。

「真にござるか、次郎吉殿？」

「いよいよ平沢も腹を括ったようだ」

竜之介は屋敷を訪れた次郎吉から、咲夜と刀庵が始末されるのも時間の問題だろうと知らされた。

あの悪しき兄妹は、百万両の存在をいまだ知らない。

嗅ぎつければ横取りすべく企むのは必定であり、更に事態が悪化する前に亡き者にしようと常富が判断するのも当然だった。

「他言は無用ぞ。特に綾麻呂には、気取られぬように致せ」

「元より承知にござる」

次郎吉に釘を刺され、竜之介は首肯する。

二人きりでの密談は、綾麻呂に盗み聞かれていた。

その直後、綾麻呂は風見家から姿を消した。

「わてがせなあかんことをしに行くんや。誰にも言うたらあかんえ」

共に暮らす内に仲良くなった留太に見られ、口止めを頼んだ上でのことだった。

しかし留太は黙っていられず、竜之介に知らせた。

「殿様ぁ、お兄ちゃんを助けてあげておくれよう」

末松も涙ながらにすがりつく。

去り行く綾麻呂の顔は、死にに行くかのように見えたという。

「悪いようには致さぬ。任せよ」

綾麻呂を救ってほしいと願う子供たちの頭を撫で、竜之介は立ち上がった。

秋田藩上屋敷では常富が夜の更けるのを待って、主水と二人がかりで咲夜と刀庵を始末しようとしていた。

折しも刀庵は松前藩が手を引いたのを知って夜陰に乗じ、蝦夷地に旅立とうとしていた。かねてより手蔓のある抜け荷船を利用して深川から房州へ抜け、外海に出れば追っ手がかかる恐れもないと判じてのことだった。

「早うしい、咲夜」

「嫌やなぁ、都落ちした上に江戸からも離れなあかんのですかいな……」

「ええ加減にし。命あっての物種やろ？」

「その命も今宵限りぞ！」

刀庵が咲夜に手伝わせ、旅支度をしているところに常富の怒声が響き渡った。

続けて主水が物も言わず、二人に向かって刀を抜いた。

「ひっ」

「ま、待ちや」

不意を衝かれた刀庵は、咲夜と共に慌てるばかり。

そこに思わぬ助っ人が現れた。

「何奴!」

斬り付けを受け流され、主水がよろめく。

「麻呂……」

「来てくれたんか!」

刀庵はすかさず床の間に走り、刀を摑んで向き直った。

「ぐわっ」

抜き打った初太刀が主水を斬り伏せ、返す刃が常富の刀を叩き落とした。

「外道(げどう)ども、そこまでだ」

そこに竜之介が駆けつけた。

「か、風見……」

「貴公をお助けする義理はござらぬ……綾麻呂を引き取りに参っただけだ」

驚く常富に背中越しに告げ、竜之介は刀庵の斬り付けを捌く。

その間に次郎吉は屋敷内の牢に乗り込み、直次郎らを解放していた。

「曲者だ！　出合え出合えっ」

「お留守居役様！　何処に居られますのかっ」

常富ら藩の重役たちの企みを知らない藩士たちも、騒ぎに気づいた。

押っ取り刀で集まって来られて困るのは、常富だけではない。

「兄さんっ」

「ここは三十六計や！」

刀庵が咲夜と共に逃げ出した。

「待て。おぬしは追ってはならぬ」

「竜之介はん……」

「後は任せよ」

竜之介に行く手を阻まれた綾麻呂は動けない。

「ここまでだぜ、喜三二」

「くっ……」

常富は牢から出された直次郎に筆名で窘められ、恥じて刀を捨てるのだった。

上屋敷の外に逃れた咲夜と刀庵を、弓香と多門が待ち伏せていた。

「観念せい」

足止めされている間に追いついた竜之介は、逃げ場を失った二人に迫る。

その脇を、ふっと駆け抜ける影一つ。

竜之介の刀に代わって振り下ろされた太刀を受け、悪しき兄妹はどっと倒れ伏す。

「綾麻呂、おぬし……」

「これでええんどす」

竜之介らを前にして、綾麻呂は微笑みながら涙を流していた。


その頃、秋田藩の領内に乗り込んだ堅田藩の一行は夜道を厭わず、百万両が埋められた銀山の廃坑に迫っていた。

「とうとう来おったか」

地下の隠れ家で呟いたのは平賀源内。

いつの日か、こうなることを察知していたのだ。

あらかじめ仕掛けておいた爆薬に、迷うことなく火を点けた。老いた身でオロシャに渡ったところで甲斐はあるまいと、いずれ百万両と心中するつもりであったのだ。

「どうせならば、おぬしと逝きたかったのだがな……」

亡き直武の面影を思い浮かべ、源内は微笑む。

同時に、導火線が燃え尽きた。

轟音(ごうおん)を上げて廃坑は落盤(らくばん)し、もはや誰も近づけない。

百万両は十年前に死んだはずの男と共に、地中深く埋もれてしまった。

十三

風見家に引き取られた武乃は、日がな一日黙ってばかり。

文吾の死を受け入れて立ち直るには、しばらく時がかかりそうである。

しかし、生まれてくる子供には父親が必要だ。

「かたじけのう存じやす、殿様」

「これ、まずは言葉遣いから改めよ」

羽織袴に二刀を帯び、かしこまって挨拶をする瓜五に、竜之介は苦笑いを返した。

瓜五の志願を受け入れて士分に取り立て、武乃の気持ちの整理がつくのを待った上で夫婦とすることにしたのである。

「へっへっ、いい男っぷりだなぁ瓜五さんよ」

「気安く話しかけねぇでくだせぇよ、文三兄い」

「何でぇ六、お前も大概気安いじゃねぇか」

「あっしはいいんですよ。瓜五兄い、じゃなくって瓜五様が独り立ちなすった暁にはお仕えする身でござんすからね」

「大概にしてくんな……いや、大概に致せ、二人とも」

文三と勘六のいがみ合いに笑みを誘われつつ、瓜五は女泣かせの遍歴(へんれき)に幕を下ろす覚悟を決めていた。

終章　見守るは小竜

一

「左様か……かくなる上は、止むを得まいぞ」

次郎吉から百万両が灰燼に帰したと知らされ、定信は棄捐令の実行に踏み切った。

寛政元年の九月も半ばを過ぎた、十八日のことである。

「越中守様！」

「越中守様!!」

借金を棒引きされた旗本と御家人は歓喜したが、あくまで一時凌ぎにすぎない。

札差に与えた損失を補塡すべく、定信は事後の対策に追われている。厳めしい顔は本物の平家蟹さながらに、険しさを増すばかりだった。

その補佐をする信明ら幕閣のお歴々(れきれき)は、晴れやかな心持ちで日々の勤めに勤しんでいる。定信が単なる堅物ではなく、情も実もある人物と知るに至ったからだった。

二

一方、竜之介は常と変わらず、奥小姓の務めに勤しんでいた。

正しく言えば、以前と違う点もある。

綾麻呂との初戦に続き、再戦で更なる深手を負った竜之介の左腕は、以前と同じ動きができなくなった。

もはや左利きを活かした剣技を用いることは叶わない。しかし人並み以上に木刀を振るい、馬を操り、家斉の剣術稽古と打毬の相手をすることはできる。茶を淹れる腕前も健在だ。

小姓の御用を全うするだけならば、これで十分。

竜之介は風見家の婿として、今日も御用に勤しんでいる。

「風見、茶を頼む」

「それがしもだ」

「早(はよ)う、早う」

先輩小姓の三人組が、いつものようにせがんでくる。

「承知つかまつった」

竜之介は笑顔で応えると、湯で温めた急須に茶葉を投じた。

三

綾麻呂は上方に戻ることとなった。

「河内で野良仕事を致すと申すのか」

「師匠の昔馴染みで、実は前にも誘われましてん」

「おぬし、それで良いのか」

「へい。もう刀も太刀も二度と持ちまへん。こん太刀は世話んなる家に護り刀にしてくれって差し上げるつもりです」

「野良仕事に護り刀か。泰平の世で人を斬るよりは、良きことだな」

「そうですやろ、竜之介はん」

「されば、おぬしの気持ちが変わらぬうちに約束を交わそうか」

「へい」

竜之介と綾麻呂は同時に鯉口を切った。

「ほな、行きますわ」

「うむ、行って参れ」

鍔元の竜に見守られながら竜之介と金打を交わし、綾麻呂は旅立った。

四

綾麻呂を見送った竜之介は、晴れやかな顔で屋敷に帰宅した。

「お帰りなさいませ」

「あーうー」

弓香と共に竜之介を迎えた虎和は、更に福々しくなってきた。

「ははは、我が家にも小さき竜が居ったわ」

愛妻の手から我が子を抱き取って、竜之介は微笑んだ。

あどけない赤ん坊は竜の字を冠する父の子にして、虎の一字を名に持つ身。

その行く末に幸多かれと、若き夫婦は切に願っていた。

完

二見時代小説文庫

二人の手練　奥小姓 裏始末5

二〇二一年十一月二十五日　初版発行

著者　青田圭一

発行所　株式会社 二見書房
〒一〇一-八四〇五
東京都千代田区神田三崎町二-一八-一一
電話　〇三-三五一五-二三一一［営業］
　　　〇三-三五一五-二三一三［編集］
振替　〇〇一七〇-四-二六三九

印刷　株式会社 堀内印刷所
製本　株式会社 村上製本所

ISBN978-4-576-21173-2
https://www.futami.co.jp/

青田 圭一

奥小姓裏始末 シリーズ

完結

① 奥小姓裏始末1 斬るは主命
② ご道理ならず
③ 福を運びし鬼
④ 公達の太刀
⑤ 二人の手練

竜之介さん、うちの婿にならんかね――。故あって神田川の河岸で真剣勝負に及び、腿を傷つけた田沼竜之介を屋敷で手当した、小納戸の風見多門のひとり娘・弓香。多門は世間が何といおうと田沼びいき。隠居した多門の後を継ぎ、田沼改め風見竜之介として小納戸に一年、その後、格上の小姓に抜擢され、江戸城中奥で将軍の御側近くに仕える立場となった竜之介は……。

倉阪鬼一郎

小料理のどか屋人情帖 シリーズ

以下続刊

剣を包丁に持ち替えた市井の料理人・時吉。
のどか屋の小料理が人々の心をほっこり温める。

① 人生の一椀
② 倖せの一膳
③ 結び豆腐
④ 手毬寿司
⑤ 雪花菜飯（きらずめし）
⑥ 面影汁
⑦ 命のたれ
⑧ 夢のれん
⑨ 味の船
⑩ 希望粥（のぞみがゆ）
⑪ 心あかり
⑫ 江戸は負けず
⑬ ほっこり宿
⑭ 江戸前 祝い膳

⑮ ここで生きる
⑯ 天保つむぎ糸
⑰ ほまれの指
⑱ 走れ、千吉
⑲ 京なさけ
⑳ きずな酒
㉑ あっぱれ街道
㉒ 江戸ねこ日和
㉓ 兄さんの味
㉔ 風は西から
㉕ 千吉の初恋
㉖ 親子の十手
㉗ 十五の花板（はないた）
㉘ 風の二代目

㉙ 若おかみの夏
㉚ 新春新婚（にいめとり）
㉛ 江戸早指南（はやしなん）
㉜ 幸（さち）くらべ
㉝ 三代目誕生

二見時代小説文庫

氷月 葵

御庭番の二代目 シリーズ

将軍直属の「御庭番」宮地家の若き二代目加門。
盟友と合力して江戸に降りかかる闇と闘う！

以下続刊

①将軍の跡継ぎ
②藩主の乱
③上様の笠
④首狙い
⑤老中の深謀
⑥御落胤（ごらくいん）の槍
⑦新しき将軍
⑧十万石の新大名
⑨上に立つ者
⑩上様の大英断
⑪武士の一念
⑫上意返し
⑬謀略の兆し
⑭裏仕掛け
⑮秘された布石
⑯幻の将軍
⑰お世継ぎの座

森詠

北風侍 寒九郎 シリーズ

①北風侍 寒九郎 津軽宿命剣
②秘剣 枯れ葉返し
③北帰行
④北の邪宗門
⑤木霊燃ゆ
⑥狼神の森
⑦江戸の旋風
⑧秋しぐれ

旗本武田家の門前に行き倒れがあった。まだ前髪も取れぬ侍姿の子ども。腹を空かせた薄汚い小僧は津軽藩士・鹿取真之助の一子、寒九郎と名乗り、叔母の早苗様にお目通りしたいという。父が切腹して果て、母も後を追ったので、津軽からひとり出てきたのだと。十万石の津軽藩で何が…？ 父母の死の真相に迫れるか!? こうして寒九郎の孤独の闘いが始まった…。